AF221911

Siegfried Schilling

Meine süße Rosanna

Liebe bei Facebook

weltweit erster Chat-Roman

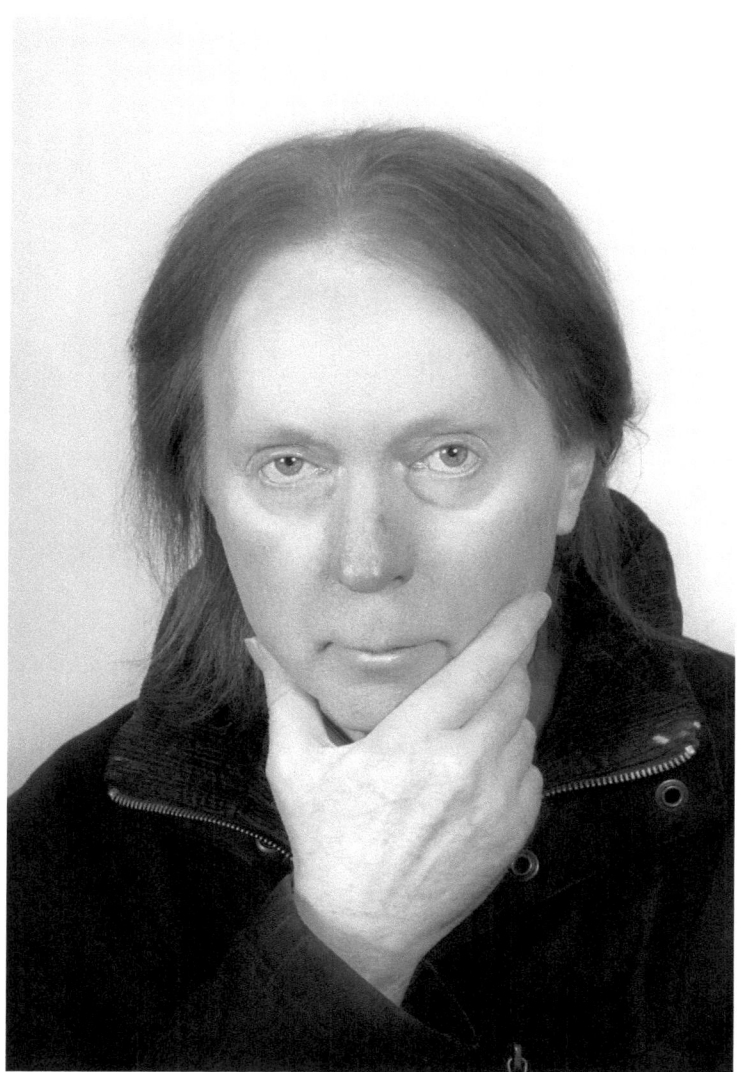

Autor Siegfried Schilling

Meine süße Rosanna –

Liebe bei Facebook

weltweit erster Chat-Roman

Siegfried Schilling

Impressum

© 2018 Siegfried Schilling

Herstellung und Verlag: BoD – Books on Demand, Norderstedt

ISBN 9-783752-860337

Printed in Germany

Bibliografische Information der Deutschen Nationalbibliothek

Die Deutsche Nationalbibliothek verzeichnet diese Publikation in
der Deutschen Nationalbibliografie; detaillierte bibliografische
Daten sind im Internet über http://dnb.d-nb.de abrufbar.

Inhaltsangabe

„Meine süße Rosanna" ist der weltweit erste Chat-Roman. Er beruht auf einer wahren Begebenheit und beginnt damit, dass sich der Deutsche Hauke Berger und die Philippinin Rosanna Dacal Tesalona bei Facebook kennenlernen. Es dauert nicht lange, bis sich zwischen ihnen ein starkes Vertrauensverhältnis entwickelt und sie voreinander ihr Leben ausbreiten. Dabei stellt sich heraus, dass Rosanna ein schreckliches Ehe-Martyrium hinter sich hat und in bitterster Armut lebt, und Hauke unglücklich in seiner Ehe ist. Die Beiden chatten jeden Tag, manchmal sogar mehrmals täglich, miteinander – und verlieben sich schließlich ineinander. Von nun an träumen sie davon, sich nicht nur bei Facebook, sondern auch in der Wirklichkeit zu begegnen, was ihre Lebensumstände aber nicht zulassen. Darüber sind sie tief verzweifelt. Ein tragisches Ereignis in Haukes Familie verändert alles. Als Hauke nach den Philippinen fliegt, um Rosanna erstmals in die Arme zu schließen und ihr die Aussicht auf ein gemeinsames Leben zu eröffnen, erwartet ihn eine schreckliche Nachricht...

1

1.

Ich nutzte Facebook ausschließlich dazu, Werbung für meine Bücher zu betreiben – mehr wollte ich nicht. An Pseudo-Freundschaften, Austausch auf welchem Niveau auch immer, war ich nicht interessiert: Ich hatte starke Vorbehalte gegenüber diesem sozialen Medium.

Jeweils spät nachmittags oder abends – je nachdem, wann ich meine Arbeit beendet hatte – setzte ich mich an meinen Schreibtisch, postete meine Bücher und zusätzlich spaßige Videos, um meine Seite ein wenig aufzulockern, und stellte Freundschaftsanfragen. Die meisten, vielleicht achtundneunzig Prozent, wurden bestätigt, so dass ich schließlich über ein Heer von unbekannten Freunden verfügte, die hoffentlich alle meine Posts beachteten und vielleicht auch einmal ein Buch von mir bestellten. Ob es etwas brachte, wusste ich nicht: Ich konnte es nicht kontrollieren.

Unter meinen vielen Facebook-Freunden fiel mir eine junge Frau auf, die regelmäßig meine Posts likte. Sie lebte, wie ich auf ihrer Facebook-Seite las, in den Philippinen. Die Fotos, die sie auf ihrem Account veröffentlichte, zeigten sie vorzugsweise

mit zwei Kindern – einem vielleicht elf- oder
zwölfjährigen, hübschen und meistens freundlich
lächelnden Mädchen sowie einem ernst wirkenden,
etwas älteren Jungen. „Vermutlich ihre Kinder",
dachte ich. Die junge Frau selbst, Mitte oder Ende
zwanzig, war attraktiv und wirkte offen und sympathisch. Sie gefiel mir.

Als ich eines Tages feststellte, dass mein Face-
book-Account gehackt worden war, legte ich eine
neue Seite an und begann, mir abermals einen
Freundeskreis aufzubauen. Einige alte Freunde, deren Namen ich erinnerte, schrieb ich an und teilte
ihnen mit, dass meine Seite gehackt worden sei und
ich gern den Kontakt mit ihnen fortführen wolle.
Dazu waren auch alle bereit, einschließlich der jungen Philippinin. Sie schickte mir eine Nachricht, in
der sie anfragte, ob ich ein wenig Englisch spräche:
Sie würde sich gern mit mir austauschen. Ich ließ
sie mit einer Antwort mehrere Tage warten, denn
eigentlich wollte ich das nicht. Außerdem beschlich
mich ein eigenartiges, schwer zu definierendes Gefühl, wenn ich an sie dachte: Etwas in mir warnte
mich davor, mich mit ihr einzulassen. Trotzdem
antwortete ich ihr schließlich – vielleicht auch, weil

ich sie nicht enttäuschen wollte. Ich spürte, dass ihr viel daran lag.

Bei unserem ersten Chat stand natürlich das gegenseitige Kennenlernen im Vordergrund. Wer war der jeweils andere? Wo lebte er? Was arbeitete er? Wie sah sein Familienstand aus? So erfuhr ich von Rosanna, dass sie vierunddreißig Jahre alt war, in Manila, der Hauptstadt der Philippinen, lebte und in einem Restaurant arbeitete. Dort war sie sozusagen „Mädchen für alles", machte sauber, räumte auf und führte zudem Gäste durch die Stadt. Ich ließ sie wissen, dass ich im Norden Deutschlands, genauer: Markstedt, lebte, verheiratet war, eine erwachsene Tochter, Agneta, hatte und als freier Journalist für eine Zeitung arbeitete. Ich verschwieg ihr auch nicht, dass ich, verglichen mit ihr, ein alter Mann sei und fragte sie, ob sie trotzdem in Kontakt mit mir bleiben wolle. Sie bejahte es. Das Alter sei nicht wichtig, nur der Mensch zähle.

„Ich freue mich auf die Chats mit Dir", schrieb sie zum Schluss – und bat mich um ein Foto. „Es geht nicht um Schönheit. Ich will nur wissen, wie mein Chat-Partner aussieht."

Ich schickte ihr das jüngste Foto von mir und erlebte eine überraschende Reaktion: Sie schien nicht recht glauben zu wollen, dass ich tatsächlich darauf abgebildet sei.

„Das bist wirklich Du? Du siehst ja großartig aus. Oder hast Du das Bild von jemand anderen genommen?"

„ Von jemand anderem? Das würde mir nie einfallen. Aber ich finde, ich sehe absolut nicht großartig aus. Durchschnittlich, würde ich sagen."

„ Hm – okay...schön", kam es nach einer Weile von ihr zurück. „Ich schicke Dir demnächst auch ein Foto von mir."

Damit war unser erster Chat beendet. In den folgenden Tagen meldete sich Rosanna nicht, so dass ich allmählich glaubte, sie habe es sich überlegt und wolle nun doch keinen Kontakt mit mir. Darüber war ich ein wenig betrübt, begann aber, mich damit abzufinden. Nach nicht ganz einer Woche fand ich eine Mitteilung in meinem Account vor, dass mir Rosanna eine Nachricht geschickt habe. Ich öffnete den Chat und las, dass die junge Philippinin mehrere Tage im Hospital verbracht hatte und nun wieder zu Hause war. Sie schwieg sich aber darüber aus, weshalb sie sich dort aufgehalten hatte. Kaum hatte ich den Text zu Ende gelesen, meldete sich Rosanna mit einem „Hi".

„Du warst im Hospital: Was hattest Du denn?" fragte ich sie sogleich.

„Ich hatte Kopfschmerzen, starke Kopfschmerzen", antwortete sie nach einem Augenblick. „Jetzt geht es mir wieder besser."

„Das müssen ja wirklich unerträgliche Kopfschmerzen gewesen sein, wenn Du deshalb ein Krankenhaus aufsuchst."

„Ja, schon. Doch nun ist es ausgestanden. Wie geht es Dir?"

Anscheinend wollte sie nicht weiter über dieses Thema kommunizieren, was ich akzeptierte.

„Gut. Mir geht es eigentlich immer gut."

„ Das ist schön zu hören."

„ Irgendwelche körperliche Beschwerden oder Krankheiten kenne ich gar nicht. An mir haben die Ärzte, bislang jedenfalls, nichts verdient."

„Du bist von Gott gesegnet."

Darauf wusste ich, der ich von einem gottlosen Universum ausging, im ersten Augenblick nichts zu antworten. Rosanna schien sehr gläubig zu sein: Ich wollte sie nicht verletzen.

„Ja, der liebe Gott hat es gut mit mir gemeint", erwiderte ich schließlich.

„Ich wollte Dir doch ein Foto schicken…"

„Wenn Du magst. Es würde mich freuen."

Kurz darauf kam das Foto bei mir an. Es zeigte Rosanna vor dem Hintergrund eines dichten, grünen Pflanzenteppichs, auf einer leeren Tasche sitzend. Sie trug ein hellgrünes, dünnes, kurzärmeliges T-Shirt und ebenfalls dünne, fast durchsichtige Shorts, die sie ein wenig hochgekrempelt hatte. Ihr Gesicht war fein geschnitten, ihre Augen groß und schwarz. Ihr wunderschönes, schwarzes, straff nach hinten gekämmtes Haar wurde von einer Schleife zusammengehalten. Sie war zweifellos eine exotische Schönheit, nach der sich jeder Mann umsah.

„Du bist schön, wunderschön."

„Du machst Spaß. Ich bin hässlich."

„Du weißt genau, dass Du schön bist. Sicherlich umschwärmen Dich die Männer wie Motten das Licht."

„ Motten umschwärmen mich, aber keine Männer. Ich bin hässlich."

„ Vielleicht sind die philippinischen Männer ja

blind."

„Oder Du trägst eine rosa Brille."

„Ich trage Verantwortung, das ist genug."

Als Antwort schickte mir Rosanna einen breit grinsenden Smiley.

„Du bist witzig, Hauke."

„Und Du bist schön – und witzig."

„Du gibst es nicht auf, wie?"

„Willst Du, dass ich Dir Recht gebe?"

„Unterstehe Dich."

Es entstand eine kleine Pause, in der wir beide wohl nach einem neuen Thema suchten.

„Du bist verheiratet, hast Du mir geschrieben. Bist Du glücklich in Deiner Ehe?" fragte sie nach einer Weile bei mir an.

„Hm, wirklich glücklich war ich in meiner Ehe nur einige wenige Augenblicke, wenn ich ehrlich sein soll. Doch davon bin ich jetzt so weit entfernt, dass ich es mir schon gar nicht mehr vorstellen kann. Es sind nicht gerade Liebe, Warmherzigkeit und Fürsorglichkeit, die meine Ehe ausmachen. Da dominieren wohl andere Gefühlsströmungen. "

„Das klingt aber sehr frustriert."

„Ich sehe es, wie es ist und möchte auch Dir

nichts vormachen."

„Hm…"

„Und was ist mit Dir? Du bist ebenfalls verheiratet, nicht? Du hast zwei Kinder…"

„Ja, ich bin verheiratet, bin allerdings getrennt von meinem Mann. Meine Kinder leben bei ihm."

Das erstaunte mich.

„Weshalb leben die Kinder nicht bei Dir?"

Es dauerte ein wenig, bis Rosanna antwortete.

„Das ist eine komplizierte Geschichte…"

Mehr kam zu diesem Thema nicht von ihr. Ich hatte offensichtlich einen wunden Punkt bei ihr berührt. Wir chatteten noch eine Zeitlang miteinander, wobei es vorzugsweise um die Jobs ging, die wir beide ausübten. Ich schilderte ihr meinen Alltag als Journalist, der sich zwischen der Wahrnehmung von Terminen und konzentriertem Schreiben bewegte. Sie brachte mir ihren ganz anders gearteten Alltag in dem Restaurant nahe, in dem sie arbeitete – und zwar nicht etwa acht Stunden, wie in den westlichen Staaten üblich, sondern zwölf. Dies sowie die Tatsache, dass sie lediglich einen Tag in der Woche frei hatte, schockierten mich. Noch schockierender fand ich allerdings, dass sie für diese

Schufterei nur sechstausend Pesos, also einhundertzwanzig Euro, monatlich erhielt. So etwas nennt man Ausbeutung oder modernes Sklavenhaltertum. Auf meine Frage, ob sie denn davon leben könne, antwortete sie:

„Was bleibt mir anderes übrig?"

Noch lange nach Beendigung des Chats dachte ich über die Situation Rosannas nach. Ihr Schicksal ging mir nahe.

2.

In unserer kleinen, dreiköpfigen Familie zeichneten sich Veränderungen ab. Meine Tochter Agneta, zweiundzwanzig Jahre alt, hatte sich entschlossen, zu ihrem beruflich erfolgreichen Freund Marc Röhling in die Nachbarstadt Itzehoe zu ziehen. Dort lebte der dreißigjährige Versicherungsangestellte in einer attraktiven Dreieinhalb-Zimmer-Wohnung.

„Darüber bist Du sicherlich traurig", stellte Rosanna fest, als ich es ihr beim nächsten Chat mitteilte.

„Nein, in, ganz im Gegenteil: Ich bin erleichtert."

„Erleichtert? Weshalb?"

„Meine Tochter und ich verstehen uns nicht besonders gut."

„Nicht?"

„Ja, so ist es."

„Woran liegt das? Willst Du mir das verraten?"

„Hm, Sie gibt mir die Schuld an den vielen heftigen Streitereien zwischen meiner Frau und mir, die tatsächlich lange Zeit hindurch unser Familienleben vergiftet haben und auch jetzt noch hin und wieder hochkochen."

„Und? Hast Du die Schuld?"

„Nein, wirklich nicht. Die Streitereien brachen aus, als ich vor einigen Jahren bei meiner Zeitung aus verschiedenen Gründen, die nicht bei mi lagen, Honorarschmälerungen hinnehmen musste und wir mit dem Geld nicht mehr ganz so sorglos umgehen konnten wie früher. Aber trotzdem reichten unsere beiden Verdienste unter dem Strich noch für ein gutes, sorgenfreies Leben aus."

„Dann war doch alles in Ordnung."

„Das sollte man meinen. Meine Frau, der beruflicher Erfolg viel bedeutet, nahm das aber zum Anlass, mich mit Vorwürfen über meinen mangelnden beruflichen Ehrgeiz zu überschütten, den sie glaubte, an mir festgestellt zu haben. Tja, und damit hatte sie einen wochenlangen Streit eröffnet, der unsere schwerwiegenden Differenzen an den Tag spülte und dazu führte, dass unsere Beziehung zum Schluss heillos zerrüttet war. Aber es hatte schon vorher vieles nicht gestimmt und häufig Spannungen und Kabbeleien gegeben."

„Ich verstehe."

„Wenn Du mich fragst, weshalb wir noch zusammen sind, so kann ich für mich nur sagen: aus Überlebensgründen. Ich spare schlicht und einfach

Kosten, wenn wir unseren gemeinsamen Haushalt beibehalten. Die Gründe meiner Frau, die finanziell bestens dasteht, sind mir eigentlich unerfindlich. Vielleicht ist es ja so etwas wie Mitleid mit mir, der sie davon abhält, sich von mir zu trennen. Immerhin sind wir viele Jahre miteinander verheiratet. Aber ich weiß es nicht. Manchmal möchte ich gern wissen, was in ihrem Kopf vor sich geht."

„Du siehst das alles ja sehr nüchtern."

„Ich sehe es, wie es ist."

„Und Agneta steht voll auf der Seite ihrer Mutter?"

„Ja, Sie gibt ihr in allem Recht, was mich betrifft. Sie ist ihr sowieso in vielerlei Hinsicht ziemlich ähnlich. Für beide Frauen ist beruflicher Erfolg wichtig – und danach bemessen sie auch, um es einmal überspitzt auszudrücken, den Wert eines Menschen. Wo ich da stehe, ist ja wohl klar. Naja, wer bin ich denn auch schon? Ich bin ein eklatanter Berufsversager, dem es niemals gelungen ist, einen festen Arbeitsvertrag von seiner Zeitung zu bekommen und auch niemals nur in die Nähe einer führenden Position gekommen ist. Schande über mich!"

„Wichtig ist doch nur, dass man sein Auskommen hat."

„Tja, so denke ich auch. Aber manchen Menschen reicht das nicht."

„ Das ist mir völlig unverständlich."

„ Um noch einmal auf meine Tochter sprechen zu kommen: Ganz unterdurch bin ich bei ihr, seitdem ich mich weigerte, ihren extravaganten Mercedes mitzufinanzieren, der gebraucht noch etwa achtzehntausend Euro kosten sollte. Welcher Auszubildende fährt einen solchen Schlitten?"

„Einen Mercedes? Als Lehrling? Oh, das finde ich fast schon ein bisschen komisch."

„Auch in ihrem Anspruchsdenken sind sich meine Frau und meine Tochter wirklich ähnlich."

„Sag mal, wie hast Du Deine Frau eigentlich kennengelernt?"

„Durch eine Kontaktanzeige."

„Durch eine Kontaktanzeige? Aber Du bist doch ein attraktiver Mann."

„Tja, es fehlte mir einfach an Gelegenheit, eine Frau kennenzulernen. War nie ein Disco- oder Lokalgänger. Und woanders hat sich nie etwas erge-

ben. Vielleicht habe ich ja die falschen Signale aus-
gesendet."

„Hm."

„Tja, und eines Tages habe ich die Initiative er-
griffen und eine Annonce geschaltet. Gleich die
erste Frau, mit der ich mich verabredete, war Maria.
Sie stammte aus Niedersachsen und lebte erst seit
einigen Wochen in Markstedt, wo sie Arbeit gefunden hatte."

„ Oh, tatsächlich?"

„Und da wir beide allein waren und uns nicht un-
sympathisch fanden, verabredeten wir uns noch
weitere Male, bis wir feststellten, dass wir es vielleicht auf Dauer miteinander aushalten könnten."

„Wie die große Liebe klingt das aber nicht."

„Also von meiner Seite aus war es Sympathie –
und das ist doch schon etwas, von ihrer Seite vielleicht ein wenig mehr."

„Liebe kann im Zusammenleben wachsen."

„Oder Hass…"

„Ja, oder Hass."

„ Die ersten Jahre unserer Ehe waren verhältnismäßig harmonisch und wir wuchsen zusammen.

Die Entfremdung begann wohl nach Agnetas Geburt, als ich keine Lust mehr auf Sex mit Maria hatte und sie abwies."

„Oh, ich verstehe. Und seitdem hattet ihr nicht ein einziges Mal mehr..?"

„Nicht ein einziges Mal."

„Auch unsere Umarmungen und Küsse wurden seltener und blieben schließlich ganz aus."

„Dann ist bei Euch die Eiszeit eingezogen."

„Das könnte man so ausdrücken. Im Laufe der Zeit traten immer mehr Spannungen zwischen Maria und mir auf. Was dann zum Ausbruch der permanenten Streitereien geführt hat, habe ich Dir ja geschildert."

„ Ja. Was macht Deine Frau eigentlich beruflich?"

„ Sie ist Lebensmittelchemikerin und arbeitet hier in Markstedt in einem großen Hefe-Unternehmen. Sie hat schon was drauf."

„Das glaube ich. Aber Du hast auch was drauf."

„Für meinen Job genügt es."

„Ich glaube, dass Du ein guter Journalist bist."

„Ich bin nicht schlecht."

„Aber Du wirst schlecht bezahlt."

„Und schlecht behandelt."

Da ich fand, dass wir uns genug über mich und meine unerfreulichen, frustrierenden familiären Verhältnisse ausgetauscht hatten, wechselte ich das Thema und fragte Rosanna, wie ihr Arbeitstag verlaufen sei, was sie mit „einigermaßen normal" beantwortete. Allerdings habe sie auf den Dach des Restaurants klettern müssen, um den Schornstein zu reinigen, was gefährlich sei: Man könne leicht abrutschen und auf die Straße stürzten. Immer wieder schicke die Chefin sie aufs Dach, weil die anderen Mitarbeiter sich weigerten. Aber sie sei eben ein Niemand, ein Nichts, in dem Betrieb, mit dem man machen könne, was man wolle. So laufe es eben, wenn man nichts gelernt habe.

Ich hatte mir schon gedacht, dass Rosanna ungelernt war – wie viele ihrer Landsleute auch. Zur Schule war sie aber gegangen, wenn auch sehr unregelmäßig, wie sie mir verriet. Sie habe häufig auf den Reisfeldern ihrer Eltern mithelfen müssen, wodurch das Lernen in den Hintergrund getreten sei. Später habe sie dann versucht, vieles nachzuholen und ein Allgemeinwissen zu erwerben, mit dem man sich nicht blamiere. Das sei ihr vielleicht auch ein wenig gelungen. Das konnte ich ihr nur bescheinigen: Sie habe ein gutes Allgemeinwissen. Niemand, der sich mit ihr unterhalte, würde vermuten, dass sie nur eine unzureichende, lückenhafte Schulbildung besitze.

„Aber wie oder wo hast Du eigentlich so gut Englisch gelernt?"

„Ich habe jeden Tag eine englische Zeitung gelesen – manchen Artikel bestimmt zehn oder zwanzig Mal. So habe ich mir das eingeprägt."

„ Ich finde das wirklich bewunderungswürdig."

„Ein bisschen stolz bin ich schon darauf."

„Du bist eine kluge Frau."

„Oh, ich weiß nicht…"

„Wenn Du in einem wohlhabenden Land geboren worden wärst wie ich, hättest Du einen guten Beruf erlernt oder studiert. In diesem Punkt habe ich mehr Glück gehabt als Du."

„Gott gibt jedem s Platz auf dieser Welt."

Ob ich das so ohne weiteres unterschreiben würde, wusste ich nicht. Aber ich schwieg aus Rücksichtnahme gegenüber meiner gläubigen Chatpartnerin, deren religiöse Gefühle ich auf keinen Fall verletzen wollte.

3.

Allmählich wurde es Rosanna und mir zur festen
Gewohnheit, täglich miteinander zu chatten. Dabei
mussten wir stets den Zeitunterschied zwischen
Deutschland und den Philippinen berücksichtigen,
der sechs Stunden im Sommerhalbjahr und sieben
im Winterhalbjahr betrug. Wenn ich also mittags
vor dem Computer saß, um das Keyboard zu mal-
trätieren, war es bei Rosanna, die lediglich über ein
Handy verfügte, bereits Abend.

   Nach und nach entstand zwischen uns ein tiefes
Vertrauensverhältnis, was bei Rosanna dazu führte,
dass sie allmählich auch über zurückliegende trau-
matische Ereignisse in ihrem Leben zu sprechen begann, mit denen sie bislang hinter dem Berg gehalten hatte. So offenbarte sie mir eines Tages den für
die Philippinen nicht untypischen Verlauf ihrer
Ehe, die nicht etwa aus Liebe und Leidenschaft,
sondern aus einer Verabredung der beteiligten Eltern entstand. Was diese zusammengefügt hatten,
wollte aber nicht lange halten, da die Liebe fehlte.
Schon ein paar Wochen nach ihrer Heirat begann
sie der einfache Landarbeiter zu betrügen. Als er
schließlich auf seine große Liebe stieß, wie er

glaubte, versuchte er, Rosanna loszuwerden, indem er sie beschimpfte, beleidigte und demütigte. Schließlich unternahm er sogar einen Mordversuch, der durch das beherzte Eingreifen ihrer Tochter Sophia, die biss, schrie und tobte, um ihre Mutter aus dem Würgegriff zu befreien, vereitelt werden konnte: Der Mann ließ von ihr ab.

Das war der dramatische Schlusspunkt des gemeinsamen Lebens. Rosanna zog augenblicklich zu ihren Eltern, die natürlich schockiert waren und ihr Schutz gewährten. Als sie von einer Freundin hörte, dass ein Restaurant in Manila eine Mitarbeiterin suchte, bewarb sie sich fernmündlich – und wurde dank der Fürsprache ihrer Freundin angenommen. Bereits wenige Tage später nahm sie dort ihre Arbeit auf. Da Rosanna nach Auffassung der Philippinischen Behörden ihre Kinder im Stich gelassen hatte, bekam sie der Vater zugesprochen. Eine Scheidung wie in Deutschland, die auch das Sorgerecht regelte, gab es auf den Inseln nicht.

„Natürlich hat mich die Trennung von meinen Kindern entsetzlich geschmerzt. Ich kann kaum in Worte fassen, wie ich gelitten habe", bekannte Rosanna. „Auf der anderen Seite aber war mein Verdienst auch viel zu gering, um für sie sorgen zu können. Es wäre einfach nicht möglich gewesen. Aber ich habe niemals die Hoffnung aufgegeben, eines Tages wieder mit ihnen zusammen zu sein und bete jeden Tag dafür."

„Hast Du Deine Kinder in der Zwischenzeit einmal wiedergesehen?"

„Nicht ein einziges Mal. Ich habe kein Geld, um sie zu besuchen."

„Das ist ja wirklich bitter."

„Ja, das ist bitter, sehr bitter. Es gibt so manchen Augenblick, in dem ich am liebsten sterben möchte. Das darfst Du mir glauben."

„Aber Du musst leben – für Dich und Deine Kinder. Es ist ja durchaus möglich, dass sich Zukunft einmal eine ganz andere Situation ergibt, in der Du als Mutter gefordert bist."

„Ja, vielleicht... Das kann man nie wissen."

Ich glaubte, körperlich zu spüren, was Rosanna in diesem Augenblick empfand. Wie verzweifelt musste sie sein! Empört war ich, als sie mir mitteilte, dass ihr Mann gedroht habe, sie umzubringen, falls er sie einmal in der Nähe seines Hauses erblicken sollte. Doch das beeindruckte sie nicht sonderlich. Ihre Eltern, ihre Schwester und ihr Schwager würden sie beschützen, wenn sie einmal bei ihnen in Kananga zu Besuch sei. Ich hoffte für Rosanna, dass sie eines Tages ihre Kinder wieder in die Arme schließen konnte.

4.

Als ich Rosanna bei einem weiteren Chat einige
Tage später die harmlose Frage stellte, was sie denn
zum Mittag gegessen habe, löste das bei ihr einen
unerwarteten Verzweiflungsausbruch aus, der mich
erschütterte und mir vollends verdeutlichte, wie
elend ihre Situation tatsächlich war.

„Was ich gegessen habe? Wasser und trockenes
Brot. Ich komme einfach mit meinem Geld nicht
hin, am Monatsende ist jeweils hungern angesagt.
Ist das ein Leben? Sag mir: Ist das ein Leben?"

„ Dass es so schlimm ist, wusste ich nicht. Ich
dachte, Du kämst gerade so längs."

„Bei allen Sorgen, die ich habe, kommt noch die
tägliche Sorge um meine Existenz dazu. Ich arbeite
hart, wirklich hart, täglich zwölf Stunden – und was
habe ich? Nichts! Ich bin arm und bleibe arm.
Wozu lebe ich eigentlich? Um bei anderen Sklaven-
dienste zu leisten? Das scheint ja wirklich mein
Schicksal zu sein."

Im nächsten Augenblick erhielt ich ein Foto von
Rosanna, das sie spontan mit ihrem Handy geschos-
sen hatte. Es zeigte ihren schäbigen Küchentisch,
auf dem eine halbvolle Flasche Mineralwasser und

ein kleiner Korb mit einigen Scheiben Brot stand. Das war nicht gerade ein üppiges Mahl nach einem Zwölf-Stunden-Tag.

„Wie kannst Du die Arbeit durchhalten, wenn Du kaum etwas im Magen hast. Du klappst ja zusammen."

„Werde ich schon nicht. Und mein Hungergefühl bekämpfe ich, indem ich ständig Wasser trinke."

„ Aber Du arbeitest doch in einem Restaurant. Kannst Du dort nicht etwas essen?"

„Ist uns Mitarbeitern verboten. Wer sich heimlich bedient, findet sich auf der Straße wieder. Trotzdem mache ich es natürlich. Irgendwie muss man ja überleben."

„Klar. Hätte ich auch getan. Aber sag mal: Hast Du denn schon einmal mit Deiner Arbeitgeberin über Deine Situation gesprochen? Könnte Sie Dir nicht mehr zahlen?"

„ Natürlich habe ich das, und nicht nur einmal. Sie zeigt dann immer großes Verständnis, erklärt sich aber außerstande, meinen Lohn zu erhöhen. Dann kämen bald auch alle anderen und sie wäre pleite."

„Das ist die richtige Einstellung."

„Mit der Einstellung ist sie jedenfalls reich geworden."

Es stand für mich außer Frage, dass ich Rosanna helfen musste. Zwar waren meine finanziellen Mittel begrenzt, aber einhundertzwanzig Euro monatlich, also sechstausend Pesos, konnte ich ihr ohne weiteres monatlich überwiesen. Als ich ihr das mitteilte, lehnte sich entschieden ab: Das wolle sie auf keinen Fall. Sie beabsichtige, sich einen besser bezahlten Job zu suchen, wenngleich das ziemlich schwierig sei. Sie habe schließlich keine richtige Schulbildung und keine Berufsausbildung. Aber sie werde nicht nachlassen. Vielleicht habe sie ja Glück.

Ich bestand darauf, ihr finanziell ein wenig unter die Arme zu greifen. Ich könne doch nicht darüber hinwegsehen, dass meine Chatpartnerin hungere. Wer wäre ich denn? Nach einigem Hin und Her nahm Rosanna mein Angebot an – aber nicht, ohne mir immer wieder zu versichern, dass sie auch ohne mein Geld überleben könnte. Darin habe sie Erfahrung. Da sie über kein Bankkonto verfügte, kamen wir überein, ihr die monatlichen Beträge über Western Union zuzusenden. Eine Filiale befand sich in der Nähe ihres Zimmers.

Gleich am nächsten Morgen, bevor ich meine Arbeit aufnahm, fuhr ich zur Post in der Innenstadt und überwies Rosanna einhundertzwanzig Euro, die sie bereits am gleichen Tag abholte. Ein Foto, das sie mir zuschickte, zeigte, was sie sich dafür gekauft hatte: eine Reihe von Fertiggerichten, Reis, Kartoffeln, Obst und Gemüse sowie Säfte. Unter dem Foto stand: „Ich danke Dir, Hauke, mein Ernährer."

5.

Seitdem ich mit Rosanna chattete, begann ich mich
näher mit den Philippinen zu beschäftigen, die für
mich bislang eine fremde Welt waren. Dabei interessierte mich aber weniger die paradiesische
Schönheit des Landes, das mehr als siebentausend
Inseln umfasste, als vielmehr die Situation der
Menschen. Wie und wovon lebten sie? Ich erfuhr,
dass die Philippinen als ressourcenreiches Land angesehen wurden, in dem aber fast neunzig Prozent
der Bevölkerung aufgrund ihres geringen Einkom-
mens kein menschenwürdiges Leben führen konnte.
Mehr als zwanzig Millionen Filipinos hungerten –
und ihre Zahl stieg ständig. Für die ärmste Schicht
galt, dass nur etwa die Hälfte ein festes Dach über
dem Kopf hatte und über einen sicheren Zugang zu
Trinkwasser und sanitäre Einrichtungen verfügte.
Geriet eine Familie in Armut, musste sie ihren Le-
bensstandard senken und oft auch am Essen sparen. Häufig nahm sie in dieser Situation die Kinder
aus der Schule, floh vom Land in die Stadt oder
suchte sich eine Beschäftigung im Ausland. Man-
che Menschen prostituierten sich oder wurden kriminell.

„Vielen Filipinos mangelt es an Chancen und Ressourcen wie Land, Geld, medizinische Versorgung oder Bildung. Ihnen fehlt eine soziale Absicherung gegen Lebensrisiken wie Arbeitslosigkeit, Krankheit und Alter", hieß es in einem Reisebericht. „Armut und soziale Ungleichheit sind in den Philippinen mittlerweile weit ausgeprägter als in Nachbarländern, wo diese beiden Erscheinungen in den kontinuierlich zurückgehen."

Ich hatte mir schon vorgestellt, dass Armut in den Philippinen weit verbreitet sei. Dass aber so viele Menschen davon betroffen waren, erschreckte mich, zumal es keine Aussicht zu geben schien, dass sich dies in einem überschaubaren Zeitraum bessern würde. Ganz im Gegenteil! Als ich Rosanna bei nächster Gelegenheit fragte, ob sie krankenversichert sei, verneinte sie.

„Eigentlich ist meine Arbeitgeberin dazu verpflichtet, mich zu versichern, aber sie macht es nicht. Wenn eine Kontrolle kommt, behauptet sie, dass sie keine festen Mitarbeiter hat – und damit kommt sie auch jedes durch."

„Was passiert, wenn Du krank wirst?"

„Was soll passieren? Ich arbeite weiter, so lange

es eben geht. Und wenn es nicht mehr geht, kehre ich nach Möglichkeit zu meiner Familie zurück, um mich pflegen zu lassen oder zu sterben."

„Dann darf man in Deinem Land ja auf keinen Fall krank werden."

„Wer arm ist, darf nicht krank werden. Die Reichen erhalten bei uns die beste medizinische Versorgung."

„Warst Du schon einmal so krank, dass Du nicht mehr arbeiten konntest?"

„Noch nicht. Gott hat mich bislang davor bewahrt."

„Dann kann man nur hoffen, dass er es auch weiterhin macht."

„Ich vertraue auf Gott."

6.

Die monatlichen Geldbeträge, die Rosanna von mir erhielt, verbesserten ihre Lebensqualität entscheidend und nahmen ihr die Sorge um ihr tägliches Brot. Hin und wieder leistete sie sich auch den Luxus, ein Paar Schuhe oder ein Kleidungsstück zu kaufen, die sie mir dann auf Fotos präsentierte.

„Du bist mir doch nicht böse, dass ich dies von Deinem Geld gekauft habe?" fragte sie jedes Mal bei mir an.

„Das ist nicht mein Geld, sondern Dein Geld: Ich habe es Dir geschenkt. Was Du damit anfängst, ist einzig und allein Deine Entscheidung!" lautete meine Standartantwort.

Eines Tages schrieb mir Rosanna, dass sie etwas auf dem Herzen habe. Nachdem ich sie mehrmals auffordern musste, es mir zu erzählen, rückte sie endlich mit der Sprache heraus: Sie wolle gern für etwa eine Woche zu ihrer Familie nach Kananga fahren – wenn ich einverstanden sei.

„Du brauchst doch nicht mein Einverständnis. Aber ich würde mich sehr freuen, wenn Du endlich wieder Deine Lieben in die Arme schließen kannst. Du wünscht es Dir doch schon so lange."

„ Ja, das stimmt. Ich sehne mich nach meiner Familie. Oh, ich kann es noch gar nicht recht glauben, dass es nun Wirklichkeit wird. Das alles habe ich Dir zu verdanken. Du bist so ein lieber Mensch."

„ Wenn ich es nur glauben könnte."

„Hast Du schon einmal bemerkt, dass Du immer ironisch wirst, wenn man Dich lobt?"

„Ist das so?"

„Irgendwie fällt es Dir schwer, Lob anzunehmen."

„Bei Bargeld fällt es mir leichter."

Als Antwort schickte mir Rosanna einen lachenden Emoji.

„Du bist wirklich witzig, Hauke. Das mag ich an Dir. Mit Dir kann man lachen."

„Mit mir oder über mich?"

„Beides."

Ich konnte aber nicht umhin, meine Chatpartnerin an die Morddrohungen ihres Mannes zu erinnern. Das sollte sie nicht zu leicht nehmen. Schließlich habe er schon einmal versucht, sie zu töten. Sie nehme es keineswegs leicht, antwortete sie. Niemand wisse besser als sie, dass ihr Mann zu allem

fähig sei. Aber sie könne sich auf ihre Familie verlassen. Es werde immer jemand in der Nähe sein,
ob Bruder, Mutter oder Vater, um sie beschützen.
Ich solle mir keine Sorgen machen.

7.

Eine Woche vor Weihnachten trat Rosanna ihre vierundzwanzigstündige Reise per Bus und Schiff in ihre gebirgige Heimat an. Ihr gesamtes Gepäck trug sie in einem Rucksack auf dem Rücken. Aber viel mehr als das besaß sie sowieso nicht. Von unterwegs schickte sie mir zahlreiche Nachrichten und Bilder, um mir mitzuteilen, wo sie sich gerade aufhielt und wie sie sich fühlte. So war ich immer bestens informiert. Ihre Gefühlslage schwankte zwischen Anspannung und Erschöpfung, schrieb sie mir. Sie schlage drei Kreuze, wenn sie endlich zu Hause sei. Die letzte Nachricht von ihr las ich gegen 23 Uhr, dann war es für mich Bettzeit.

Am nächsten Morgen fand ich die Mitteilung in meinem Chat vor, dass Rosanna heil an ihrem Reiseziel Kananga angekommen sei und bei ihren Eltern übernachte. Es sei alles in Ordnung. Ich war erleichtert. Als ich gerade Facebook verlassen wollte, um einen Blick in meinen Email-Account bei Google zu werfen, ertönte das typische akustische Signal, das das Eintreffen einer Nachricht begleitete.

„Hi, Hauke!"

„High Rosanna! Wo bist Du jetzt?"

„ Ich bin bei meinen Eltern."

„Wie geht es Dir?"

„Mir geht es gut. Ich brauche aber noch eine Zeitlang, um mich zu erholen. Die Reise hat mich doch sehr angestrengt."

„ Du hast ja auch wirklich einen Marathon zurückgelegt."

„Das kann man sagen."

„Das war sicherlich ein bewegendes Wiedersehen mit Deinen Eltern?"

„Ein tränenreiches… ja. Bei meiner Mutter floss es ununterbrochen. Sie hat mich so vermisst. Aber auch meinem Vater standen die Tränen in den Augen."

„Oh ja…"

„Bleibst Du bei Deinen Eltern oder ziehst Du in Dein kleines Haus, von dem Du mir erzählt hast?"

„ Ich ziehe wohl in mein kleines Haus. Meine Eltern haben nur einen Raum, da ist es ein bisschen eng."

„Ah, ja. Und was hast Du heute noch vor?"

„ Eigentlich nicht viel. Ich bringe meine Sachen in mein kleines Haus – und dann mal schauen.

Vielleicht besuche ich meine Schwester und meinen Bruder."

„Ja, schön. Hast Du Deine Kinder schon gesehen?"

„Noch nicht. Sie sind beide in der Schule."

„Aber später sicherlich."

„Mein Mann wird ihnen bestimmt verbieten, mich zu besuchen. Ich hoffe, sie kommen trotzdem... Ich nehme es an."

„Davon lassen sie sich doch nicht abhalten."

„Hm, ja."

„Glaubst Du, dass Dich Dein Mann schon gesehen hat?"

„Ja. Er stand vorhin am Fenster, als ich zu meinem kleinen Haus ging."

„Wie hat er reagiert?"

„Er stand nur da und starrte mich an."

„Fühlst Du Dich von ihm bedroht?"

„Hm, schon. Wenn er Gelegenheit hätte, würde er mir bestimmt etwas antun. Er weiß aber, dass meine Familie ein Auge auf mich hat."

„Sei vorsichtig, Rosanna. Am besten, Du gehst nur in Begleitung hinaus. Wir haben ja schon darüber gesprochen."

„ Natürlich bin ich vorsichtig, Hauke. Mach Dir keine Sorgen."

„ Das sagst Du immer. Ich mache mir aber Sorgen."

„Oh Hauke, Du bist so lieb. Du nimmst wirklich Anteil an mir und meinem Leben."

Wie ich später am Tage von Rosanna erfuhr, erhielt sie nicht lange nach unserem Chat Besuch von ihren beiden Kindern, die sich überschwänglich freuten, ihre Mutter wiederzusehen. Gar nicht erfreut zeigten sie sich hingegen über die Freundin ihres Vaters, die sie nicht mochten. Die elfjährige Sophia , die eine Höhere Schule in Ormoc besuchte, ließ kein gutes Haar an der Frau, die absolut unfreundlich sei und sich bei ihnen breit mache, als gehöre ihr alles. John, fünf Jahre älter als seine Schwester, drohte scherzhaft damit, alle Türen zuzunageln, wenn sie das nächste Mal kommen wolle. Mit dem Vater selbst hatten sie sich arrangiert: Was blieb ihnen auch anderes übrig? Das schloss natürlich Reibereien und Konflikte nicht aus.

Als meine Facebook-Freundin Sophia und John vor dem Haus ihrer Eltern verabschieden wollte, passierte genau das, was ich immer befürchtet

hatte: Ihr Mann stürmte aus dem Haus, schoss wut-
entbrannt auf sie zu und schrie sie an, ihre Kinder
zufrieden zu lassen. Sie, Rosanna, habe dort nichts
verloren und solle so schnell wie möglich wieder
verschwinden. Wenn er ihr noch einmal begegne,
werde sie es bereuen. Rosanna ließ sich jedoch
nicht einschüchtern und erwiderte, dass sie ein
Recht habe, die Kinder zu sehen. Und wozu er fähig sei, brauche er nicht zu beweisen: Er habe ja
schon einmal versucht, sie umzubringen. In diesem
Augenblick trat Rosannas resolute Mutter, vom Ge-
schrei alarmiert, aus dem Haus, stellte sich neben
ihre Tochter und blickte ihren Schwiegersohn her-
ausfordernd an. Dieser nahm die Kinder, die sich
noch einmal bedauernd zu ihrer Mutter umblickten,
und verschwand mit ihnen im Haus.

Sophia und John dachten gar nicht daran, dem
Verbot ihres Vaters Folge zu leisten und besuchten,
solange sie sich in Kananga aufhielt, täglich ihre
Mutter. Das konnte er auch gar nicht verhindern, da
er von morgens bis abends auf den Reisfeldern arbeitete, die er gepachtet hatte. Rosanna traf sich mit
ihren Kindern aber auch häufiger nach der Schule
in der Innenstadt Kanangas, um dort mit ihnen Eis

essen zu gehen oder zu bummeln. Dabei durften sie sich jedes Mal eine Kleinigkeit kaufen – ein Vergnügen, das ihnen sonst vorenthalten blieb.

Mit ihren Eltern saß Rosanna ab dem späten Nachmittag zusammen, trank mit ihnen eine Tasse Tee und palaverte mit ihnen. Oft kamen ihr Bruder Ginto und ihre Schwester Jennica hinzu. Alle hatten einen harten Tag hinter sich, waren aber trotzdem zumeist gut gelaunt und lachten viel. Thema war immer wieder die Arbeit, das Wetter und die Preise, die sie für ihren Reis erhielten, aber auch Rosannas Ehemann, den sie als gefährlichen, unberechenbaren Idioten ansahen. Wenn es nach ihnen gegangen wäre, hätten sie ihn am liebsten vertrieben, um Ruhe vor ihm zu haben. Jetzt hofften sie darauf, wie sie es bereits gerüchteweise gehört hatten, dass er zu seiner neuen „Flamme" in eine weiter entfernte Kleinstadt ziehen würde. Die Kinder, die auf keinen Fall mitwollten, sollten im elterlichen Haus wohnen bleiben und von der gesamten Familie versorgt werden. Diese hoffte darauf, dass dies Rosanna veranlassen würde, endgültig nach Hause zurückzukehren.

„Alle wünschen sich, dass ich wieder im Kreise

der Familie lebe – und eigentlich wünsche ich es mir auch. Es fällt mir sehr schwer, getrennt von meiner Familie zu sein", teilte mir Rosanna mit.

„Auf der anderen Seite aber gibt es hier in Kananga höchstwahrscheinlich keine Jobs für mich. Ich müsste also möglicherweise wieder in den Reisfeldern arbeiten. Ob ich dem physisch noch gewachsen bin… Ich weiß es nicht, zumal ich einige Allergien entwickelt habe und die Sonne schlecht vertrage. Außerdem ist es ja ungewiss, ob mein Mann tatsächlich zu seiner Freundin zieht."

„Also so, wie ich Dich kennengelernt habe, könnte ich mir gar nicht vorstellen, dass Du überhaupt in den Reisfeldern arbeitest."

„Oh, das habe ich aber lange jahrelang getan – von Kindesbeinen an, wie ich Dir ja bereits erzählt habe."

„Hm, ja. Aber grundsätzlich ist es doch besser, einen schlecht bezahlten Job in der Stadt zu haben als auf dem Lande, wo die Lebensbedingungen noch schwieriger sind."

„Und wo es mehr Moskitos als in der Stadt gibt."

„Du denkst da an Deinen Mann?"

„Der ist ja wohl eher ein tollwütiger Hund."

„Da magst Du Recht haben."

„Ich erinnere mich noch gut an die Zeit, als ich im Alter von vielleicht sechs, sieben Jahren mit meiner Mutter in Kananga Reis verkauft habe – jedoch nicht auf dem Markt, sondern direkt neben den Bahngleisen", teilte mir Rosanna nach einer kleinen Pause mit. „Links und rechts von uns drängten sich hunderte von Händlern, um ebenfalls ihre Waren loszuschlagen. Du kannst Dir nicht vorstellen, wie laut es dort war und wie es dort stank. Oft brachen auch Streitigkeiten unter den Händlern aus und es kam zu Schlägereien. Nach Hause konnten wir aber erst gehen, wenn wir den gesamten Reis verkauft hatten. Und das bedeutete, dass wir es dort manchmal mehrere Tage aushalten mussten. Geschlafen haben wir direkt neben den Gleisen. Für mich war das damals die Hölle auf Erden."

„Ich habe schon einmal einen Fernsehbericht darüber gesehen und war erschüttert. Diese Bilder haben sich mir wirklich eingeprägt. Wenn ich mir vorstelle, dass Du und Deine Mutter darunter waren…"

„Ja, so sah meine Kindheit aus."

„Oh Rosanna, das ist ja schrecklich."

„Ja, das ist schrecklich – im wahrsten Sinne des Wortes. Später, als es uns ein wenig besser ging, verkauften meine Eltern ihren Reis ausschließlich auf dem Markt in Kananga – und das ist bis heute so geblieben. Da er von guter Qualität ist, bekommen sie dafür auch einen guten Preis."

„Sicherlich halten sie auch Reis für den Eigenbedarf vor."

„Natürlich. Er garantiert ihr Überleben."

„Ja, in den Philippinen geht es für die meisten Menschen nur ums bloße Überleben…"

„So ist es, und das wird sich auch lange Zeit nicht ändern. Nur einigen wenigen Reichen hier geht es gut."

Der nächste Tag brachte für mich Hektik und Stress mit sich, so dass ich ausnahmsweise erst am späten Nachmittag meinen FB-Account öffnen konnte. Die Nachricht, die ich dort von Rosanna vorfand, beunruhigte mich. Wie Sie mir berichtete, war sie gegen Mitternacht aufgewacht, weil jemand um ihr kleines Haus herumschlich und sich schließlich an der Tür zu schaffen machte. Da sie von innen verriegelt war, hätte er allerdings Gewalt anwenden müssen, um hereinzukommen. Er sei dann wieder abgezogen, vermutlich, weil er es nicht habe riskieren wollen, die gesamte Nachbarschaft einschließlich ihrer Eltern auf den Plan zu rufen.

„Das war mit Sicherheit mein Mann", glaubte Rosanna. „Anscheinend war er nüchtern, denn betrunken hätte ihn nichts aufhalten können."

Ich schrieb Rosanna umgehend zurück und bat sie, den Rest der Nacht bei ihren Eltern zu verbringen: Sie dürfe auf keinen Fall allein in dem kleinen Haus bleiben. Die Antwort traf nach einigen, mir endlos erscheinenden Minuten ein.

„Es ist alles in Ordnung, mein lieber Hauke. Meine Mutter ist bei mir. Sie will bis zu meiner Abreise jede Nacht bei mir schlafen."

„ Oh Gott sei Dank, dann bin ich erleichtert."

„Ich hätte mich aber nicht kampflos ergeben, das kannst Du mir glauben. Ich kann mich wehren."

„ Das ist doch Unsinn. Gegen so einen aggressiven, hirnlosen Idioten kannst Du nichts ausrichten."

„Hm."

„Pass auf Dich auf, Rosanna, wirklich – und gib Deinem Mann keine Gelegenheit, übergriffig zu werden."

„Versprochen, mein lieber Hauke."

Da Rosanna rechtschaffen müde war, beendeten wir bald unseren Chat. Ich blieb noch eine Zeitlang an meinem Schreibtisch sitzen und dachte über die Situation meiner Chat-Freundin in Kananga nach. Es stimmte mich zornig, dass es ihrem meines Erachtens komplett unzurechnungsfähigen Mann gelang, ihren Aufenthalt dort so massiv zu beeinträchtigen. Das war nicht das Wiedersehen mit ihrer Familie, das sie sich gewünscht hatte. Auf der anderen Seite schien Rosanna verhältnismäßig gut mit dieser Situation umgehen zu können und sich keineswegs einschüchtern zu lassen. Tapfere Frau!

Keineswegs tapfer, sondern ängstlich, verhielt sich ihr Mann, als er am nächsten Tag ungebetenen Besuch bekam. Vor seiner Tür standen Vater, Mutter, Schwester und Bruder meiner philippinischen Bekannten und forderten ihn unmissverständlich auf, Rosanna ein für alle Mal zufrieden zu lassen. Ansonsten würde er bald als vermisst gelten. Diese Drohung blieb nicht wirkungslos. Fortan ging er Rosanna aus dem Weg. Einen Tag vor Heiligabend stieg er mit seinen beiden Kindern in einen Bus und reiste mit ihnen zu seiner Freundin, um gemeinsam mit ihr das höchste Christenfest zu feiern. Als er

zurückkehrte, war Rosanna bereits wieder abge-
reist.

„Ich bin meiner Familie wirklich dankbar, dass
sie so eindeutig hinter mir steht und mich be-
schützt" schrieb mir meine FB-Freundin am Heiligabend. „Das ist in den Philippinen durchaus nicht
selbstverständlich. Meistens bekommt die Frau die
Schuld und wird geächtet, wenn sie ihren Ehemann
verlässt – mag sie dafür auch gute Gründe haben
wie Gewalterfahrungen, Ausbeutung und Erniedri-
gung."

„Die Philippinen sind noch immer eine patriar-
chalische Gesellschaft."

„Ja, wenn sie sich auch allmählich wandelt."

„Ein riesiger Fortschritt wäre es, wenn in Deinem
Land endlich die Scheidung ermöglicht würde."

„Stimmt. Doch bis es so weit ist, ziehen sicherlich noch viele Jahre ins Land."

„Das glaube ich auch."

„Es besteht aber die Möglichkeit, die Ehe annul-
lieren zu lassen, was sich jedoch aufgrund der im-
mense hohen Anwalts- und Gerichtskosten kaum
jemand leisten kann. Deshalb leben die meisten mit

ihrem neuen Partner auch ohne Trauschein zusammen. Das ist nach drei Jahren Trennung offiziell möglich."

„ Wie teuer sind denn die Anwalts- und Gerichtskosten, von denen Du gesprochen hast?"

„Etwa fünfhunderttausend Pesos."

„Das sind zehntausend Euro. Eine Stange Geld, auch für einen Westeuropäer, das muss ich schon sagen."

„ Also wenn Du mich heiraten willst, dann fang schon einmal an zu sparen."

„ Das würde zu lange dauern. Schneller zu Geld käme man bei einem Kurzbesuch eines Bankhauses – gleichgültig, ob man dort ein Konto hat oder nicht. Aber das hängt auch von dem Auftreten dort ab."

„Ich hätte gar nicht gedacht, dass Du auf solche Ideen kommst."

„Liebe macht erfinderisch."

„Oder kriminell."

„Im wirklichen Leben bin ich ein sehr vorsichtiger Mensch, der keine unnötigen Risiken eingeht."

„Und es gibt nichts, wofür Du alle Vorsicht beiseiteschieben würdest?"

„Nur für die Liebe. Aber glücklicherweise bin ich nicht verliebt."

„Ja, sei froh."

8.

Meine Frau und ich feierten, wenn man diesen Ausdruck überhaupt verwenden darf, Heiligabend in aller Stille. Ein Christbaum fehlte in unserer Wohnstube. Stattdessen hatten wir einige Tannenzweige
in eine große, dickbauchige Vase gesteckt, um zumindest den Hauch einer weihnachtlichen Stim-
mung zu schaffen. Ich mochte grundsätzlich keine
Feiertage – und am wenigsten dieses so genannte
Fest der Liebe, das bekanntlich zu einem bloßen
Geschäft pervertiert war. Es zwang mich, Rituale
zu zelebrieren, die mir nichts bedeuteten und mich
einengten. Der Alltag war mir wesentlich lieber.

Während meine Frau und ich Kartoffelsalat und
Würstchen aßen und uns hin und wieder gegenseitig bestätigten, wie gut er gelungen sei, musste ich
an Rosanna denken. Wie sie mir erzählt hatte, fei-
erte sie gemeinsam mit Eltern, Schwester und
Schwager im Hause des Bruders Heiligabend, da er
über den meisten Platz verfügte. Eine Bescherung
wie in Deutschland fand nicht statt: Dazu fehlte es
ihnen an Geld. Aber etwas Besonderes zu essen gab
es schon. So wurde ein großer Topf Hühnersuppe
gekocht, wobei sämtliche Zutaten, einschließlich

des Federviehs, aus eigener Produktion stammten. Außerdem floss traditionell reichlich Tee. Ich hätte Rosanna gern Gesellschaft geleistet und lieber im Kreise ihrer Familie gefeiert, anstatt in der gezwungenen Atmosphäre bei mir zu Hause. Aber leider lagen zwischen uns Länder, Gebirge, Flüsse und Ozeane – die halbe Welt.

Meine FB-Freundin hielt sich noch bis zum zweiten Weihnachtstag in Kananga auf, dann hieß es für sie: Abschied nehmen. Wie sie mir schrieb, ließ ihre Mutter ihren Tränen freien Lauf, während es ihrem Vater mühsam gelang, sie zurückzuhalten. Er bat Rosanna mit brüchiger Stimme, doch bei ihnen zu bleiben. Sie brauche auch nicht auf den Reisfeldern zu arbeiten, sondern könne den Reisverkauf übernehmen. Das Geschäft laufe gut. Rosanna lehnte schweren Herzens ab. Sie wolle erst einmal weiter in der Stadt arbeiten. Was die Zukunft bringe, könne sie nicht sagen. Aber es sei durchaus möglich, dass sie eines Tages endgültig nach Hause zurückkehre.

Das war zumindest eine kleine Hoffnung für die Eltern, die sie bis zum Bus begleiteten und ihr bei der Abfahrt noch lange nachwinkten. Die nächste

Nachricht erhielt ich von Rosanna erst, als sie fast ihr Reiseziel erreicht hatte. Es hieß aber nicht Manila, sondern Boracay, eine kleine, paradiesische Insel in der Provinz Aklan.

„Es tut mir leid, dass ich Dir nicht gleich die Wahrheit gesagt habe", gestand mir meine FB-Freundin. „Doch ich habe selbst bis zuletzt geschwankt, ob ich nun nach Manila oder Boracay fahren sollte. Und ich weiß immer noch nicht, ob ich die richtige Entscheidung getroffen habe."

„Was hast Du denn auf Boracay vor?"

„Jedenfalls nicht Urlaub machen, auch wenn es eine Urlaubsinsel ist."

„Also arbeiten?"

„Natürlich, und zwar als Lady-Guard in einem Hotel."

„Das klingt interessant."

„Es ist auf jeden Fall ein neuer Job und eine neue Herausforderung."

„Woher weißt Du denn von diesem Job?"

„Von einer Bekannten, die dort arbeitet. Sie hat mich angerufen."

„Aha. Und verdienst Du dort mehr?"

„Ja, etwa zweitausend Pesos."

„Immerhin."

„Für mich ist aber auch wichtig, dass ich keine gefährlichen Arbeiten mehr verrichten muss wie im Restaurant."

„Ja, das verstehe ich."

„Ich schlage wirklich drei Kreuze."

„Deine alte Arbeitgeberin weiß sicherlich von nichts, oder?"

„Ich sage ihr in den nächsten Tagen Bescheid."

„Sie hat Dich wie eine Sklavin behandelt und Dir einen Hungerlohn gezahlt."

„Wenn ich daran zurückdenke, werde ich zornig."

„Es sieht so aus, als ob Du die richtige Entscheidung getroffen hättest."

„Ich hoffe, es ist alles so, wie ich es mir vorstelle."

„Das wünsche ich Dir, Rosanna."

Eine stolze Rosanna Dacal Tesalona präsentierte sich tags darauf auf mehreren Fotos, die sie mir zuschickte. Sie zeigten sie in einer attraktiven, blauen Uniform mit Messingknöpfen, die ihr ausgezeichnet stand.

„Na, wie findet Du mich?", wollte sie von mir wissen.

„Du siehst sexy aus in der Uniform."

„Ich bin nicht sexy."

„Oh, ich finde schon."

„Ich bin einfach unwiderstehlich, das ist alles."

„Das könnte ich unterschreiben."

„Ich habe die Fotos natürlich auch gleich meiner Schwester zugeschickt – und meiner alten Arbeitgeberin in Manila. Die wird Augen machen."

„Wenn sie nicht schon welche hat."

„Du machst immer Spaß, Hauke."

„Manchmal mache ich auch etwas anderes."

„Das Hotel ist schön, das Zimmer geht – aber immerhin besser als mein Zimmer in Manila. Allerdings wohnen wir dort zu Dritt. Außer mir noch meine Bekannte und eine junge Frau. Sie arbeitet ebenfalls als Lady-Guard."

„Das ist für Dich ja eine neue Situation."

„Ja, allerdings."

„Hoffentlich kommt ihr gut miteinander aus."

„Wir müssen."

„Du hättest bestimmt lieber ein Zimmer für Dich allein gehabt."

„Ja, aber erst einmal muss ich damit Vorlieb nehmen. Später werde ich weitersehen."

9.

Wie sich herausstellte, hatte Rosannas neuer Job auf Boracay durchaus seine Schattenseiten.

„Ich arbeite jetzt in Wechselschicht und das fällt mir ziemlich schwer", erklärte mir meine schöne FB-Freundin. „Wenn ich Tagesschicht habe, muss ich fast ununterbrochen, bis auf eine kleine Pause, am Hoteleingang stehen, und das ist kein Vergnügen, wie Du mir glauben darfst. Und in der Nacht bin ich so schläfrig, dass ich mich kaum wachhalten kann. Wenn ich die Wahl hätte, würde ich mich allerdings für die Tagesschicht entscheiden, auch wenn sie ein bisschen härter ist. Nachts zu arbeiten liegt mir absolut nicht."

„ Wusstest Du denn nicht vorher, dass Du Wechselschicht hast?"

„Schon, aber ich wusste nicht, was es bedeutet. Ich hatte keinerlei Erfahrungen damit."

„Ja, ich verstehe."

„Ich werde mich schon an den neuen Job gewöhnen."

„Nichts ist endgültig. Ich könnte mir vorstellen, dass es auf Boracay noch andere Jobs für Dich gibt."

„Ich weiß nicht… vielleicht. Mal sehen, wie sich alles entwickelt."

In der folgenden Zeit wich mir Rosanna aus, wenn ich auf ihren neuen Job zu sprechen kam. Es sei alles in Ordnung, versicherte sie mir jedes Mal und schnitt sogleich ein anderes Thema an. Eines Tages aber bekannte sie mir, dass sie mit der Wechselschicht nicht zurechtkomme: Das sei einfach gegen ihre Natur. Sie sei ständig zerschlagen und leide seit einiger Zeit häufiger unter migräneartigen Kopfschmerzen. Ohne die Tabletten, die sie sich mittlerweile besorgt habe, könnte sie die Schmerzen nicht ertragen. Aber so plötzlich, wie sie gekommen seien, verschwänden sie auch wieder. Ich war erschrocken.

„Kannst Du denn nach der Nachtschicht einigermaßen gut schlafen?" wollte ich von ihr wissen. „Du hast mir ja erzählt, dass Du jedes Geräusch auf der Straße in Deinem Zimmer hörst. Und tagsüber ist es dort bestimmt sehr laut."

„Ich schlafe herzlich schlecht. Wenn ich aufwache, bin ich oft wie gerädert und schaffe es kaum, die Arbeitszeit zu überstehen."

„Kannst Du Deinen Vorgesetzten nicht fragen, ob

Du ausschließlich in der Tagesschicht arbeiten kannst?"

„Hm, ich glaube nicht, dass es möglich ist. Aber fragen kann ich natürlich."

Ein Gespräch mit ihrem Vorgesetzten, das sie bald darauf führte, verlief enttäuschend: Es sei keine Ausnahmeregelung möglich, hieß es von seiner Seite. So blieb Rosanna nichts anderes übrig, als vorläufig weiter im gewohnten Wechsel von Tag und Nacht in dem Hotel zu arbeiten, das den Touristen Luxus und den Mitarbeiterinnen und Mitarbeitern einen schlecht bezahlten Job bot. Rosanna aber nahm sich vor, sich in Zukunft verstärkt nach einem anderen Arbeitsplatz umsehen, auch wenn die Aussichten im Augenblick nicht so günstig zu sein schienen: Vielleicht hatte sie ja Glück.

Das Befinden meiner philippinischen FB-Freundin besserte sich in den nächsten Tagen und Wochen nicht. Es gelang ihr aber zumindest, ihre Arbeit zu bewältigen, so dass sie nicht mittellos auf der Straße stand. Es war ein Schock für mich, als ich eines Nachmittags eine Nachricht von ihr in meinem FB-Account vorfand, dass sie unter heftigsten Kopfschmerzen leide und sich bereits mehrmals übergeben habe. Wenn keine Besserung eintrete, müsse sie vorzeitig die Arbeit verlassen und nach Hause gehen. Eine zweite Nachricht, die etwa eine Stunde später bei mir eintraf, besagte, dass sie sich nun ein wenig besser fühle. Es sei ihr möglich, bis zum Schluss zu bleiben.

„Rosanna, wenn Du Dich so schlecht fühlst, muss Du nach Hause gehen!" antwortete ich ihr.

„Ich bin wieder okay. Mach Dir keine Sorgen!"

„Ich mache mir aber Sorgen."

„Du bist lieb, Hauke. Du sorgst Dich fast wie ein Ehemann um mich."

„Ich bin Dein Freund und fühle mit Dir."

„Oh Hauke… Aber lass uns morgen weiterchatten. Ich hab´ noch einiges zu tun."

Am nächsten Tag ging es Rosanna verhältnismäßig gut, wie sie mir versicherte. Sie habe durchgeschlafen und eine Kleinigkeit essen können.

„Das freut mich, Rosanna. Aber sag mal: Wäre es nicht besser, Du würdest Dich einmal in einem Hospital gründlich untersuchen lassen? Nur zur Sicherheit…"

„Wozu? Ich weiß doch, welche Ursachen meine

Kopfschmerzen haben. Die liegen doch offen auf der Hand."

„Ich meine ja auch nur zur Sicherheit, um alles andere auszuschließen."

„Das ist überflüssig, das möchte ich nicht."
„Du musst es wissen."

Die Vehemenz, mit der sie meinen Vorschlag ablehnte, ließ darauf schließen, dass sie Angst vor der Untersuchung hatte. Befürchtete sie, dass dabei möglicherweise eine schwerwiegende Krankheit entdeckt würde? Als ich sie bei einem unserer nächsten Chats vorsichtig darauf ansprach, verneinte sie. Sie habe einmal als Kind ihren schwerkranken Cousin im Hospital besucht, der an vielen Schläuchen und Geräten angeschlossen gewesen sei, erklärte sie mir. Das sei so schockierend für sie gewesen, dass sie seitdem einen Horror vor Hospitälern habe, denen sie auf keinen Fall ausgeliefert sein wolle. Sie wisse natürlich, dass das irrational sei, aber sie könne sich nicht dagegen wehren.

„Ich bin jederzeit darauf vorbereitet, zu gehen. Wenn Gott mich zu sich nehmen will, dann ist es gut so. Aber ich freue mich auch, wenn er mich länger auf der Erde belässt. Ich füge mich seinem Willen." „Also ich hänge schon sehr an meinem Leben. Es würde mir gar nicht gefallen, vorzeitig abberufen zu werden. Das wäre wirklich ein unfreundlicher Akt."

„Gott weiß am besten, was gut für uns ist."

„Das will ich doch stark hoffen."

Als Antwort schickte mir Rosanna einen Teufels-Emoji.

„Soll ich das sein? Bin ich ein Teufel?"

„Das ist nur Spaß, Hauke. Du bist alles andere als ein Teufel. Du bist ein sehr freundlicher, liebenswerter Mensch."

„Ich bin ein Mensch, nicht besser und schlechter als andere."

„Du bist etwas Besonderes. Ich freue mich, dass wir uns begegnet sind. Du machst mein Leben reicher."

„Danke. Das kann ich nur an Dich zurückgeben. Einen Tag ohne Chat mir Dir kann ich mir schon fast gar nicht mehr vorstellen."

„ Ich ebenso wenig, Hauke. Das ist ein wichtiger Teil meines Lebens geworden. Du bist mein bester Freund."

10.

Rosanna war eine ungewöhnlich hübsche Frau. Das fiel nicht nur mir, sondern natürlich auch den Männern auf, die ihr begegneten – einschließlich Arbeitskollegen und Touristen. Hin und wieder berichtete mir meine so ferne Freundin von unangenehmen Vorfällen mit Männern, die sie hatte und sie jedes Mal aufwühlten. Besonders empört war sie über einen Arbeitskollegen, der sie seit einiger Zeit hin und wieder während der Nachtschicht in ihrem kleinen Büro aufsuchte, den Arm um sie legte und sie fest an sich drückte. Beim letzten Mal hatte er sogar versucht, Rosanna an intimen Stellen zu berühren.

„Ich habe das bereits meinem Vorgesetzten und einigen Arbeitskollegen erzählt. Sie haben mir auch versprochen, aufzupassen und mich zu warnen, wenn er sich in meiner Nähe herumtreibt. Aber trotzdem gelingt es diesem widerwärtigen Typen immer wieder, sich in mein Büro zu schleichen."

„Dein Vorgesetzter ist verpflichtet, Dich zu beschützen. Er hätte sich längst diesen Mann vorknüpfen müssen, anstatt aufzupassen oder Dich zu warnen. In Deutschland wäre der Mann entlassen worden.“

„Die Philippinen sind nicht Deutschland. Bei uns gilt die Frau eben nicht so viel.“

„Aber ihr habt doch auch Gesetze, die Euch schützen.“

„Ja, auf dem Papier sind wir geschützt. Die Wirklichkeit sie ein wenig anders aus.“

Als Rosannas Peiniger das nächste Mal in ihr Büro schlich, um sie fest an sich zu drücken und zu tätscheln, sprang die Tür auf und ihr Vorgesetzter, begleitet von mehreren Wachmännern, stürmte herein. Sie rissen den Mann von Rosanna weg und schleiften ihn, ohne viel Worte zu machen, hinaus.

„Ich konnte auf meinem Monitor beobachten, wie sie ihn durchgeschüttelt und angeschrien haben“, schrieb mir Rosanna. „Anschließend haben sie ihn rausgeschmissen. Hoffentlich lauert er mir nicht nach der Arbeit auf, um sich an mir zu rächen.“

„Am besten, wenn Dich Arbeitskollegen nach Hause begleiten.“

„Das lässt sich einrichten. Einige haben sowieso den gleichen Heimweg.“

Als Rosanna eines Morgens allein nach Hause gehen musste, weil ihre Arbeitskollegen, die sie sonst begleiteten, in anderen Departments arbeiteten, hörte sie plötzlich Schritte hinter sich. Sie schaute sich um und bemerkte ihren Peiniger, der nun sein Tempo verschärfte. Es dauerte nicht lange, bis er Rosanna, die zu fliehen versuchte und laut um Hilfe rief, eingeholt hatte. Er packte sie an den Haaren, beschimpfte sie übel und holte zum Faustschlag aus. Glücklicherweise kam in diesem Augenblick ein Arbeitskollege von Rosanna, der sich auf dem Weg zum Hotel befand, mit dem Mofa vorbei. Sein Erscheinen veranlasste den Angreifer, schleunigst das Weite zu suchen.

„Mein Arbeitskollege hat mich dann nach Hause gefahren", berichtete mir Rosanna. „Zum Abschied hat er mir geraten, einen Elektro-Schocker oder Pfefferspray zu kaufen, damit ich mich gegen solche Attacken wehren kann."

„Hm, ich weiß nicht so recht, ob das wirklich ratsam wäre. Du fühlst Dich vielleicht sicherer, aber ob Du damit im Ernstfall, also in einer Stresssituation, wirklich einen Angreifer abwehren kannst, ist doch zweifelhaft. Ich sehe auch die Gefahr, dass er mit noch massiverer Gewalt antwortet, wenn es Dir nicht gleich gelingt, ihn auszuschalten."

„Ich werde darüber nachdenken."

„Wenn Du Dir jedoch unbedingt Pfefferspray oder einen Elektroschocker anschaffen willst, solltest Du damit auch umgehen können: Du musst dies trainieren."

„Danke für Deinen Vortrag, Hauke."

„Ich möchte nur nicht, dass Dir etwas passiert."

„Ich weiß, Hauke. Du bist wirklich fürsorglich."

„Was ist denn mit der Polizei? Kannst Du Dich nicht an sie wenden?"

„Was von unserer Polizei zu halten ist, habe ich Dir ja schon häufiger erzählt: Nichts! Hier musst Du schon auf Dich selbst aufpassen."

„Versuche auf jeden Fall, solche Situationen wie heute Morgen zu vermeiden."

„Natürlich, doch ist es nicht immer möglich."

Nach einigen Tagen ließ mich Rosanna wissen, dass sie sich zwei Dosen Pfefferspray mit Schrillalarm besorgt hatte, die sie ständig in ihrem Rucksack bei sich führte. Beruhigend wirkte diese Nachricht nicht auf mich, eher schon eine andere, die ich etwa zwei Wochen später von ihr erhielt. Darin teilte sie mir mit, dass ihr Peiniger eine Arbeit in einer weit entfernten Stadt angetreten habe:

Das hätten ihr Arbeitskollegen berichtet.

„Ich bin so erleichtert. Jetzt kann ich wieder unbeschwert durch die Stadt gehen", bekannte sie mir. „Mein Pfefferspray bleibt aber in meinem Rucksack."

„Das brauchst Du nicht. Du hast Pfeffer genug."

„Oh, ich bin wohl eher wie eine Schlaftablette."

„Auf mich wirkst Du wie ein Aufputschmittel."

„Ich glaube, Du verwechselst mich mit einer anderen Chatpartnerin."

„Nicht möglich, da es keine andere gibt."

„Behauptest Du."

„Das ist so."

„Aber weshalb chattest Du nicht mit anderen? Nur mit mir ist doch ziemlich langweilig."

„Ganz im Gegenteil: Mit Dir ist es ziemlich aufregend."

„Also ich wäre nicht beleidigt, wenn Du auch mit anderen Frauen chatten würdest."

„Kein Interesse. Du genügst mir."

„Aber vielleicht nicht lange."

„Länger, als Du Dir vorstellen kannst."

„Das klingt nach einem langen Zeitraum."

„Vielleicht ist es die halbe Ewigkeit."

„Jetzt wirst Du mystisch, Hauke."

„Hat unsere Fern-Freundschaft nicht auch etwas Mystisches?"

Rosanna legte eine kleine Überlegungspause ein, bis sie mir antwortete.

„Unsere Fern-Freundschaft, wie Du sie nennst, ist auf jeden Fall sehr intensiv."

„Das ist sie."

„Aber meistens geht es um meine Sorgen und Probleme. Tut mir leid, Hauke."

„Das muss Dir nicht leidtun. Es ist ebenso. Und wozu hat man einen Freund, wenn man ihm nicht sein Herz ausschütten könnte?"

„Das hast Du aber schön gesagt."

„Du weißt, dass ich nicht nur oberflächlich Anteil an Deinem Leben nehme."

„Ja, ich weiß, Hauke. Du freust Dich mit mir und Du leidest mit mir."

„Das hast Du wiederum schön gesagt."

„Es sieht so aus, als brauchten wir beide einander."

„Es sieht wohl nicht nur so aus."

„Als es mir so schlecht ging, habe ich jeden Tag zu Gott gebetet, mir Hilfe zu schicken. Du bist die

Antwort auf meine Gebete."

„Oh Rosanna, was soll ich dazu sagen? Ich bin nur ein durchschnittlicher Mann und dazu noch alt. Ich bin viel zu gering, um als Werkzeug Gottes zu dienen. Aber wenn ich Dir ein wenig helfen kann, so freut es mich natürlich."

„Für Gott gibt es keine geringen Menschen, sie sind ihm alle gleich viel wert. Dich hat er ausgesucht, weil er wusste, dass Du genau der Richtige für mich bist."

„Wenn Du es so sehen willst, Rosanna."

„Ja, so sehe ich es. Alles liegt in Gottes Hand. Nichts geschieht, was er nicht will."

Ich musste noch lange nach unserem Chat an Rosanna denken, die so fern von mir, auf der anderen Seite des Erdballs, lebte – und mir doch so nah war. Zwischen uns hatte sich schon etwas Besonderes entwickelt, das mit „Sympathie" nur unzureichend beschrieben wäre. Obwohl eigentlich fernab jeglichen Glaubens und Aberglaubens ertappte ich mich bei dem Gedanken, dass unsere Begegnung tatsächlich, wie Rosanna glaubte, von Gott oder dem Schicksal eingefädelt sein könnte. Aber wie dem auch sei, sie hatte auf unser beider Leben einen starken Einfluss, das stand zweifelsfrei fest. Es fragte sich nur, wohin es führte.

11.

Über die Philippinen ziehen jahrein, jahraus verheerende Taifune hinweg, die das Land verwüsten und viele Menschenleben kosten. So war ich natürlich sehr besorgt, als mich meine ferne Freundin darüber informierte, dass für die nächsten zwei, drei Tage ein mächtiger Taifun angekündigt war, der auch Boracay streifen sollte.

„Was machst Du, wenn der Taifun kommt? Bist Du bei Dir zu Hause sicher?" wollte ich von ihr wissen.

„Bei einem Taifun ist man nirgendwo sicher. Und da ich in einem Holzhaus wohne, kann natürlich alles passieren. Vielleicht erfasst es ja der Taifun und bringt mich zu Dir."

„Kannst Du nicht so lange im Hotel bleiben?"

„Nur so lange, wie ich arbeite. Dann muss ich nach Hause, auch wenn draußen die Hölle los ist."

„Das ist ja unverantwortlich."

„Das ist normal auf den Philippinen."

„Gibt es denn keinen sicheren Ort auf Boracay, wo Du Dich aufhalten könntest?"

„Für einfache Arbeiterinnen wie mich nicht. Aber

beruhig Dich, es wird schon nicht so schlimm kommen."

„Ich werde mich erst beruhigen, wenn ich weiß, dass Du den Taifun heil überstanden hast."

„Ich habe noch alle Taifune überstanden."

Tatsächlich streifte der Taifun, der zwei Tage später über die philippinischen Inseln hinweg zog, Boracay nur am Rande. Trotzdem waren die Auswirkungen für die einheimische Bevölkerung gravierend. So zerlegte der Taifun etliche schwächelnde Holzhäuser in seine Einzelteile und herumfliegende Trümmer verursachten zahlreiche Schäden in den zumeist kleinen Städten der Halbinsel. Menschenleben waren glücklicherweise nicht zu beklagen.

Mit dem Taifun kam sintflutartiger Regen daher, so dass bereits nach kurzer Zeit das Wasser überall kniehoch in den Straßen stand und in die Häuser lief. Leider betraf das auch Rosanna, der ansonsten nichts passiert war. Eine Zeitlang versuchte sie mit ihrer Freundin, das eindringende Wasser wieder hinauszuschöpfen, doch es war vergeblich. So mussten sie sich damit abfinden, vorerst in einem überfluteten Raum zu leben, was sicherlich alles andere als angenehm war.

„Um unsere Betten herum schwammen die Ratten. Wir haben wirklich eine furchtbare Nacht verbracht und keinen Augenblick geschlafen", berichtete mir Rosanna. „Doch so schnell, wie er gekommen war, ist der Taifun auch wieder verschwunden. Heute Morgen war das Wasser zum größten Teil wieder abgelaufen und ich konnte in Gummistiefeln zur Arbeit gehen. Allerdings brauchen wir bestimmt eine Woche, um bei uns alles wieder sauber zu machen. Es stinkt in unserem Raum erbärmlich."

„ Das ist natürlich alles schlimm, aber sei froh, dass Dir selbst nichts passiert und das Haus stehengeblieben ist."

„Ja, das bin ich auch. Gott hat seine Hand über uns gehalten."

„Wie haben denn Deine Eltern den Taifun überstanden?"

„Sie sind nicht so glimpflich davongekommen. Ihr Haus ist teilweise zerstört worden. Sie wollen aber morgen mit meinem Bruder nach Kananga fahren, um neue Bretter einzukaufen und die Häuser so schnell wie möglich wieder aufzubauen. Es ist übrigens das vierte oder fünfte Mal, dass ihr

Haus zerstört wurde."

„Das vierte oder fünfte Mal? Das ist ja schlimm. Weshalb legen sie sich nicht ein einfaches solides Steinhaus zu? Dem könnte ein Taifun nichts anhaben."

„Ja, weshalb nicht, Hauke? Weil sie es sich nicht leisten können. Es ist viel zu teuer."

„Ja, natürlich. Entschuldige!"

„Gedacht haben sie schon daran, doch es liegt einfach außerhalb ihrer finanziellen Möglichkeiten."

„Habt ihr denn keinen Maurer oder Handwerker in Eurer großen Familie?"

„Nein, haben wir nicht. Wir sind alle Reisbauern. Aber ein Cousin von mir will Maurer lernen. Wenn daraus etwas wird, würde er vielleicht auch für meine Eltern ein Haus bauen. Angedeutet hat er es."

„Dann besteht ja noch ein wenig Hoffnung."

„Ja, vielleicht. Oh, ich wünsche meinen Eltern so sehr, dass sie einmal in einem richtigen, soliden Haus wohnen können und nicht in dieser fliegigen Hütte."

Wie Rosanna richtig geschätzt hatte, benötigten

sie und ihre Mitbewohnerin eine volle Woche, um die vom eingedrungenen Wasser stark in Mitleidenschaft gezogene Wohnung gründlich zu säubern. Das schloss auch die Möbel einschließlich der Betten ein, die im Wasser gestanden hatten. Gründlich gereinigt wurden zudem die Matratzen, die feucht geworden waren und übel rochen. Sie trockneten in einem kleinen Hinterhof in der heißen Sonne.

12.

Kaum war die Wohnungssäuberung nach dem Taifun beendet, ergriff Rosanna ein heftiges Fieber, verbunden mit Glieder- und Kopfschmerzen.

„Ich weiß nicht, was ich mir da eingefangen habe. Aber ich kann unmöglich zur Arbeit gehen" schrieb mir Rosanna. „Ich liege nur apathisch auf meinem Bett und dämmere vor mich hin."

Ihr half schließlich ein bewährtes Rezept ihrer Freundin, die ihr eine Mischung aus zwei Löffeln Apfelessig, etwas Honig und Wasser zubereitete. Doch wenn sie glaubte, nun alles überstanden zu haben, so irrte sie sich. Jetzt traten heftige Kopfschmerzen, verbunden mit Übelkeit und Erbrechen, auf – und erstmals Magenschmerzen. Rosanna wusste nicht, wie ihr geschah und fürchtete um ihr Leben. So entschloss sie sich, nachdem sie sich eine Zeitlang damit herumgequält hatte, endlich ins örtliche Hospital zu gehen. Dort begnügte sich der behandelnde Arzt damit, mit ihr ein Frage-und-Antwortspiel zu veranstalten und ihr dann seine Diagnose mitzuteilen.

„Ich habe ein Magengeschwür", ließ mich Rosanna wissen, als sie sich wieder in ihren eigenen

Wänden befand. „Ich habe Angst, Hauke."

„Was hat denn der Arzt gesagt? Wie will er es behandeln?"

„Naja, er hat versucht, mich zu beruhigen und gesagt, dass man daran nicht stirbt. Ich soll jetzt täglich Omeprazol-Tabletten einnehmen, um die Magensäure zu binden. Mit der Zeit entwickelt sich das Magengeschwür zurück – sagt er. Ich habe aber trotzdem Angst."

„Du brauchst keine Angst zu haben, Rosanna. Stell Dir vor: Ich hatte selbst einmal vor einigen Jahren ein Magengeschwür und die gleichen Tabletten bekommen wie Du. Ja, und mit der Zeit hat es sich dann zurückgebildet."

„Du hattest auch ein Magengeschwür?"

„Allerdings."

Wie lange hat es denn gedauert, bis es sich zurückgebildet hat ?"

„Etwa sechs, acht Wochen, wenn ich mich recht erinnere."

„Oh, so lange?"

„Hm, so eine Wunde, und das ist es ja, braucht schon seine Zeit, um abzuheilen."

„Sicher. Ich will nur hoffen, dass alles gut geht

und die Schmerzen bald nachlassen."

„Das wird schon, Rosanna, ganz bestimmt."

Leider erwies sich dies als Irrtum. In den folgenden Wochen trat keine Besserung ein, so dass Rosanna immer ängstlicher und verzweifelter wurde. Ich war tief besorgt und riet Rosanna mehrmals, nochmals ihren Arzt aufzusuchen, um mit ihm darüber zu sprechen: Er sei die richtige Adresse, wenn sie Hilfe wolle. Aber sie weigerte sich beharrlich.

„Was soll denn das bringen? Mir ist wohl einfach nicht zu helfen."

„ Das ist Unsinn. Bitte geh zum Arzt. Ich bitte Dich…"

Schließlich ließ sie sich doch überreden und konsultierte abermals den Mediziner. Das Gesprächsergebnis teilte sie mir umgehend mit, als sie wieder daheim war.

„Der Arzt vermutet, dass die Tabletten zu schwach sind. Er hat mir jetzt stärkere verschrieben, also vierzig Milligramm statt zwanzig."

„ Darauf hätte ich auch selbst kommen können. Das lag ja nahe."

„Ich bete, dass es nun wirklich besser wird. Es vergeht ja kein Tag ohne Schmerzen."

„Oh, ich wünsche es Dir so sehr, Rosanna."

Wie sich herausstellte, führten die höher dosierten Tabletten lediglich zu einer unwesentlichen Besserung ihrer Beschwerden, was Rosanna in tiefste Verzweiflung stürzte. Sie war sicher, dass ihr nichts und niemand mehr helfen könnte und an dem Magengeschwür sterben würde.

„Ein Nachbar meiner Schwester ist auch an einem Magengeschwür gestorben. Vielleicht stirbt man in Deutschland nicht daran, in den Philippinen schon."

Ich selbst war auch verzweifelt und sah keine andere Möglichkeit für sie, als sich in einer technisch modern ausgestatteten Klinik, vielleicht in einer größeren Stadt, gründlich untersuchen zu lassen.

„Dort hat man mehr Möglichkeiten als auf Boracay, denke ich, und kann der Ursache Deiner Beschwerden auf den Grund gehen", teilte ich ihr mit.

Rosanna erklärte sich, wenn auch widerwillig, einverstanden.

„Ich will es tun, Hauke. Aber ich habe nicht viel Hoffnung."

Rosannas Erkrankung veranlasste mich, mich intensiv mit den Ursachen und Behandlungsmöglichkeiten von Magengeschwüren zu befassen. Dabei stieß ich im Internet auf einen Fachartikel über die Nebenwirkungen von Aspirin, die Rosanna gegen ihre Kopfschmerzen einnahm. Es traf mich wie ein Schlag, als ich las, welche Risiken der darin enthaltene Wirkstoff Acetylsalicylsäure barg: Er griff den Magen an und konnte durch seine blutverdünnende Wirkung innere Blutungen auslösen. War dieser Wirkstoff vielleicht die Ursache für Rosannas Ulkus? Ich nahm es stark an. Bei unserem nächsten Chat berichtete ich Rosanna, was ich über die schädlichen Nebenwirkungen von Aspirintabletten herausgefunden hatte und bat sie dringend, darauf in Zukunft zu verzichten.

„Grundsätzlich solltest Du keine Schmerztabletten mehr einnehmen, die den Wirkstoff Acetylsalicylsäure enthalten. Greif auf andere Schmerztabletten zurück, wenn es denn sein muss, oder versuch es mit natürlichen Heilmitteln."

„Glaubst du wirklich, dass die Aspirintabletten meinen Ulkus ausgelöst haben?"

„Ich denke ja. Es gibt aber noch einen weiteren Grund, sie nicht mehr einzunehmen: Sie wirken nämlich blutverdünnend. Das könnte fatale Folgen für Dich haben."

„Oh, ich verstehe, Hauke."

Ab sofort nahm meine ferne Freundin keine Aspirintabletten mehr ein – mit dem Erfolg, dass ihre Magenschmerzen tatsächlich allmählich nachließen. Dies versetzte sie verständlicherweise in Hochstimmung.

„Du kannst Dir nicht vorstellen, wie glücklich ich bin. Ich war schon so verzweifelt", bekannte sie mir. „Das hab´ ich nur Dir zu verdanken, Hauke. Du bist auf die Geschichte mit den Aspirintabletten gestoßen. Ich bin Dir ja so dankbar."

„Du musst mir nicht dankbar sein. Ich freue mich, dass es Dir besser geht."

„Oh Hauke, was wäre ich ohne Dich"

„Immer noch Du selbst."

Während sich Rosannas Gesundheitszustand besserte, verschlechterte sich ihre Wohnsituation: Das Unternehmen, für das sie arbeitete, quartierte drei weitere Frauen in ihrem an sich schon beengten Zimmer ein. Das führte naturgemäß zu Spannungen und Auseinandersetzungen.

„Hier herrscht ständig dicke Luft", gestand mir Rosanna. „Ich versuche immer, mich aus den Streitigkeiten herauszuhalten, aber manchmal geht es eben nicht. Besonders häufig gerate ich mit einer jungen Frau aneinander, die ständig meine Sachen benutzt, ohne mich zu fragen. Ich habe ihr das schon ein paarmal verboten, aber sie macht es trotzdem. Sie ist frech wie Rotz.“

„Kannst Du Dich nicht bei Deinem Arbeitgeber über sie beschweren?“

„Du hast Illusionen, Hauke. Was kümmert das meinen Arbeitgeber? Für ihn ist nur wichtig, dass wir zur Arbeit erscheinen, das ist alles.“

„Und wie wäre es, wenn Du Dir ein neues Zimmer suchst – nur für Dich allein?“

„Das würde ich gern. Aber hier auf Boracay ist alles so teuer. Ich allein könnte mir höchstwahrscheinlich kein eigenes Zimmer leisten. Aber versuchen werde ich es.“

Rosanna sollte Recht behalten. Zwar gab es auf Boracay etliche Zimmerangebote, doch waren sie alle unerschwinglich für die schöne Philippinin.

„Vielleicht kann ich ja einmal meine Freundin überreden, mit mir ein anderes Zimmer anzumieten. Aber im Augenblick hat sie weder Zeit, noch Lust, umzuziehen“, schrieb mir Rosanna.

So musste sie sich vorläufig mit der unerquicklichen Wohnsituation abfinden, die sie deprimierte und ihr an sich schon schweres Leben zusätzlich belastete. Wenn ich an die Zeit zurückdachte, die ich Rosanna kannte, so hatte es für sie eigentlich kaum einmal glückliche Momente gegeben. Ihr Leben bestand, soweit ich es kannte, nur aus stupider, unbefriedigender Arbeit, aus Konflikten und Auseinandersetzungen mit unangenehmen Zeitgenossen sowie aus Krankheiten, Schmerzen und Ängsten. Trotz allem bewahrte sie Haltung und Würde, machte ihren Job und gab nicht auf. Ich fand das bewundernswürdig.

„Du bist eine klasse Frau!" dachte ich laut.

Ich wünschte mir, ich könnte sie finanziell mehr unterstützen, sah aber im Augenblick keine Möglichkeit. Da hätte sich schon meine eigene berufliche Situation verbessern müssen, wofür es aktuell jedoch keinerlei Anzeichen gab.

13.

Rosanna war traurig über das Verhalten ihres Soh-
nes. Er zeigte sich zwar niemals ernsthaft an der
Lebenssituation seiner Mutter interessiert, klopfte
aber immer, insbesondere in jüngster Zeit, wegen
Geldes bei ihr an.

„Er hat wohl gehört, dass Du mir monatlich Geld
schickst und denkt nun, ich hab´ ja genug", vermu-
tete Rosanna. „Nachdem ich ihm ein paarmal seine
Bitte abgeschlagen habe, lässt er nun gar nichts
mehr von sich hören: Er schreibt mir nicht mehr
und ruft mich auch nicht mehr an. Ist das nicht traurig?"

„Ja, das ist es. Aber ich glaube, er wird sich schon
wieder besinnen und sich bei Dir melden. Gib ihm
ein bisschen Zeit."

„Hm, ich weiß nicht. Vielleicht erwarte ich auch
zu viel von ihm und Sophia. Schließlich leben sie
bei ihrem Vater, und gleichgültig, wie es dort ist:
Sie gehen täglich mit ihm um und sind ihm nah,
während ich ihnen immer fremder werde."

„Ja, das ist leider so – realistisch betrachtet. Du
kannst eigentlich nicht viel mehr tun, als abzuwar-
ten, wie sich Euer Verhältnis in Zukunft entwickelt.

Aber sie sind keine Kinder mehr und gehen bald schon ihre eigenen Wege. Welche Rolle Du dann in Ihrem Leben spielst, ist schwierig vorherzusagen."

„Ja, so ist es, Hauke. Besonders schade finde ich, dass ich nicht ihre gesamte Entwicklung miterleben durfte beziehungsweise darf. Es fehlen einige wichtige Jahre."

Etwa vierzehn Tage später klang Rosanna schon wieder völlig anders. Das lag daran, dass ihr Sohn sich inzwischen bei ihr über Facebook gemeldet und sich länger mit ihr ausgetauscht hatte – ohne noch einmal das Thema „Geld" anzuschneiden.

„John hat mir erzählt, dass er nach seiner Schulentlassung in diesem Jahr die Fahrlizenz für Lastkraftwagen erwerben will", informierte mich meine schöne FB-Freundin. „Er war so etwas von aufgekratzt. Naja, davon hat er immer geträumt. Das scheint sein Beruf zu sein."

„Und an einem anderen, soliden Beruf wie meinetwegen Automechaniker, Kaufmann oder dergleichen hat er kein Interesse?"

„Nein. Er hat einfach keine Lust, noch lange zu lernen und will so schnell wie möglich Geld verdienen."

„Dafür habe ich zwar ein gewisses Verständnis, ist aber kurzsichtig gedacht. Du weißt ja am besten, Rosanna, wie es ist, wenn man keinen richtigen Beruf erlernt hat."

„Immerhin erwirbt er die Fahrlizenz, das ist doch schon etwas. Und Fahrer werden bei uns immer gesucht."

„Ja, mag sein. Aber besser ist eine solide Ausbildung in einem guten Beruf. Sie eröffnet einfach mehr Lebensperspektiven."

„Ja, ich weiß, dass Du Recht hast. Aber John will nun einmal unbedingt Fahrer werden und davon kann ihn nichts und niemand abbringen."

„Ja, okay. Es ist ja auch sein Leben."

„John ist noch jung. Er kann immer noch etwas anderes anfangen, wenn er vom Fahren genug hat."

„Sicher. Weiß Sophia schon, was sie einmal werden möchte?"

„Sie wollte schon alles Mögliche werden. Das wechselt bei ihr ständig. Aber einen guten Beruf will sie auf jeden Fall erlernen, vielleicht sogar studieren. Das Zeug dazu hätte sie."

„Das hört sich gut an."

„Sie wird ihren Weg machen."

„Es ist ihr zu wünschen."

„Meine Eltern Reisbauern, ich Hilfsarbeiterin und Sophia Studentin: Unsere Familie befindet sich auf dem aufsteigenden Ast, wie es scheint."

„Eines Tages wirst Du nicht mehr mit mir chatten wollen, weil ich Dir nicht mehr gut genug bin."

„Das will ich nicht ausschließen, Hauke. Also nutze die Zeit und chatte mit mir – solange Du noch die Möglichkeit hast."

„Ich könnte ja schon einmal längere Pausen zwischen unseren Chats einlegen, um mich langsam von Dir zu entwöhnen."

„Dann doch lieber ein Ende mit Schrecken. Wir machen jetzt Schluss und haben klare Verhältnisse."

„Ja, sicher. Weshalb nicht?"

Es entstand eine kleine Pause, in der jeder seinen Gedanken nachhing.

„Was wäre, wenn ich Dich über Nacht blockieren und Du mich bei Facebook nicht mehr finden würdest" fragte ich schließlich bei ihr an.

„Oh Hauke, wir sollten jetzt damit aufhören. Es ist genug. Es tut mir weh."

„Ja, Du hast Recht, Rosanna. Entschuldige bitte."

„Ich wünsche mir, dass wir immer in Kontakt bleiben."

„Das wünsche ich mir auch. Auf jeden Fall."

„Wie leer wäre mein Leben, wenn ich mich nicht mehr mit Dir austauschen könnte. Ich möchte mir das gar nicht vorstellen."

„Das gilt ebenso für mich, Rosanna."

„Aber Du hast noch Deine Frau, mit der Du Dich austauschen kannst."

„Ich hab´ Dir ja schon öfter gesagt, dass von Austausch nicht die Rede sein kann."

„Immerhin bist Du nicht allein. Es ist jemand um Dich herum."

„Ich fühle mich aber auch allein, wenn sie da ist."

„Eigentlich eine schreckliche Situation."

„Ja, das ist es wirklich."

„Wie gut, dass wir einander haben. Ich bin Gott so dankbar, dass er uns zusammengeführt hat."

„ Es ist ein Glück, Rosanna."

14.

Meine Tochter war ausgezogen, der Geist der
Zwietracht aber nicht: Nach wie vor bestimmten
unterschwellige Spannungen zwischen Maria und
mir den Umgang miteinander. Zwar stand ich jetzt
nicht mehr einer geschlossenen Frauenfront gegenüber, aber einer selbstbewussten, entschlossenen
Frau, die nicht daran dachte, etwas zu einer ent-
spannteren Atmosphäre beizutragen. Hin und wieder konnte sich Maria nicht enthalten, mir ihre Un-
zufriedenheit mit mir mitzuteilen, wobei sie immer
wieder die gleichen Formulierungen verwendete.
Am ärgerlichsten schien für sie zu sein, dass ich oft
stundenlang am Schreibtisch saß, ohne auch nur ein
einziges Wort zu äußern. Damit hatte sie Recht,
doch lag es schlicht und einfach daran, wie ihr nicht
entgangen sein dürfte, dass mein Schreibtisch im
Wohnzimmer stand und ich dort meine Texte
schreiben musste. Das erforderte höchste Konzent-
ration, zumal meine Frau oft gleichzeitig TV sah o-
der Radio hörte und nicht daran dachte, aus Rück-
sicht auf mich für einige Stunden auf die Beriese-
lung durch die Medien zu verzichten. Auf meine
diesbezüglichen Vorhaltungen entgegnete sie, dass

es schließlich ihr Recht sei, sich in der gemeinsamen Wohnstube aufzuhalten und sich zu entspannen. Ja, es war zweifellos ihr Recht: Wer wollte ihr das in Abrede stellen? Es war aber auch wirklich nicht einzusehen, weshalb sie nur ein Fitzelchen Verständnis für mich aufbringen sollte.

In den vergangenen Jahren hatten meine Frau und ich regelmäßig an den Wochenenden Ausflüge an die Nord- und Ostsee oder zumindest nach der nur einen Steinwurf entfernten Museumsstadt Glückstadt an der Elbe unternommen. Doch das war nach und nach eingeschlafen. Deshalb wunderte ich mich, als sie eines Sonntagnachmittags zur Kaffeezeit bei mir anfragte, ob ich nicht Lust hätte, nach Glückstadt zu fahren. Die Sonne scheine, man könne gut am Hafen und an der Elbe spazieren gehen. Sie brauche frische Luft. Als ich ihr antwortete, dass ich jetzt keine Zeit hätte, weil ich meine Texte schreiben müsse, zog sie wieder, wie schon des Öfteren, ihre Vorwurfsschablone mit dem Text: „Wir unternehmen nichts mehr gemeinsam, wir sprechen nicht mehr miteinander – es ist gar nichts mehr zwischen uns" aus der Schublade und hielt sie mir vor Augen. Das traf zwar zu, war aber längst gelebte Eherealität, mit der wir uns – eigentlich – abgefunden hatten. Da ich auf Konfliktvermeidung beziehungsweise Deeskalation eingestellt war, schlug ich ihr vor, am frühen Abend nach Glückstadt zu fahren: Bis dahin hätte ich meine Arbeit beendet. Doch davon hielt sie nichts.

„Entweder sofort oder gar nicht" forderte sie mich ultimativ auf.

„Ich habe Dir doch erklärt, dass es jetzt nicht geht."

„Dann nicht!"

Sie verzog sich, wobei sie nicht vergaß, die Tür hinter sich zuzuwerfen: Das gehörte nun einmal zu einem Streit dazu.

Ich war sicher, dass sie sich nun umgehend an ihren Computer setzen und, wie öfter in letzter Zeit, bis zum späten Abend im Internet surfen würde. Ich fragte mich nur, für welche Themen sie sich interessierte? Gab es vielleicht ein besonderes Thema, dem sie auf der Spur war? Um dies herauszufinden, überprüfte ich am nächsten Morgen ihren Browserverlauf und stellte überraschenderweise fest, dass sie unter anderem viel über häufigen, unnormalen

Harndrang und den gesamten Nieren-Blasen-Bereich recherchiert hatte. Was steckte dahinter? Gesundheitliche Probleme? Mir gegenüber hatte sie noch keine diesbezügliche Andeutung gemacht. Aber das musste nichts bedeuten, da sie mich niemals ins Vertrauen zog, wenn ihre normalerweise robuste Gesundheit beeinträchtigt war. Das hätte sie als Eingeständnis einer Schwäche angesehen, was sie sich nicht glaubte leisten zu können.

Typisch war für sie auch, dass sie mit ihren Beschwerden niemals zum Arzt ging, um ihnen dort nachzuspüren, sondern stattdessen das Internet bemühte. Sie misstraute grundsätzlich den „Halbgöttern im weißen Kittel" und hielt sich für jemanden, der ihren Körper besser kenne als jeder andere und in der Lage sei, sich selbst zu heilen. Gab es dafür nicht den Begriff „Vermessenheit"?

Ich beschloss, sie zu beobachten und, falls sich einmal eine unverfängliche Gelegenheit ergeben sollte, auf ihren Gesundheitszustand anzusprechen. Auch wenn keine Liebe mehr zwischen uns bestand und auf meiner emotionalen Richterskala der Zeiger manchmal bei Streitereien bis in den Hassbereich ausschlug, so war ich doch nicht gleichgültig oder kalt ihr gegenüber.

15.

Ein Chat, den ich einige Tage später mit Rosanna
führte, begann wie jeder andere. Wir erkundigten
uns gegenseitig nach unserem Befinden und teilten
einander mit, was sich in der Zwischenzeit in unserem Leben ereignet hatte und was uns bewegte.
Dann erreichte mich aber eine verhältnismäßig
kurze Notiz Rosannas, die ich im ersten Augenblick
gar nicht richtig verstand:

„Ich habe mich in einen verheirateten Mann verliebt…"

„In einen verheirateten Mann? Wer ist es?"
schrieb ich ihr schockiert zurück.

„Ja, wer ist es? Vielleicht kommst Du ja selbst
darauf."

„Du hast Dich in mich..?"

„Ja, habe ich."

Ich hielt kurz inne, bevor ich ihr antwortete.

„Du sagst, Du hast Dich in mich verliebt. Aber
ich glaube, ich bin seit langem in Dich verliebt. Nur
ist es nur in diesem Augenblick erst richtig bewusst
geworden."

„Du bist auch in mich verliebt? Stimmt das,
Hauke? Oder verwechselst Du das vielleicht mit

Mitleid?"

„Bestimmt nicht. Vielleicht war es zu Anfang so. Aber im Laufe der Zeit ist daraus Liebe geworden."

„Naja, dass ich Dir etwas bedeute, war mir schon klar. Doch dass Du mich auch liebst..."

„Ja, ich liebe Dich. Du bist eine wundervolle Frau."

„Und Du bist ein wundervoller Mann, Hauke. Ich bin noch nie einem Menschen wie Dir begegnet."

„Das Gleiche könnte ich von Dir sagen. Du hast mich durch Deine Art, so, wie Du bist, verzaubert, Rosanna: Ein anderes Wort fällt mir dazu nicht ein."

„Du bist mir im Laufe der Zeit immer näher und näher gekommen, Hauke. Es ist Dein freundliches Wesen, Deine Fürsorglichkeit und Dein Verständnis, mit dem Du mich für Dich eingenommen hast. Von einem Mann wie Dir habe ich immer geträumt."

„Oh Rosanna, ich bin kein Traummann, nur ein ganz normaler Mann."

„Für mich bist Du ein Traummann, weil Du alle Eigenschaften besitzt, die ich mir von einem Mann wünsche."

„Ich könnte mir vorstellen, dass viele Männer von Dir träumen – so, wie Du aussiehst."

„Was bedeutet das schon, Hauke? Du bist der einzige Mensch, der wirklich Anteil nimmt an meinem Leben und sich um mich kümmert."

„Du bist mir so wichtig geworden, Rosanna…"

„Und Du bist der wichtigste Mensch in meinem Leben."

„Du hast noch Deine Kinder und Deine Eltern."

„Das ist etwas anderes."

„Ja, schon."

„Gleichgültig, wo ich bin und was ich mache, Hauke: Du bist mir immer gegenwärtig. Manchmal kommt es mir so vor, als ob Du wirklich in meiner Nähe bist

„Ich wollte, es wäre so. Doch leider liegt zwischen uns die halbe Welt."

„ Trotzdem sind wir uns nah."

„So nah, wie man sich unter diesen Umständen nur sein kann."

„Manchmal kommt es mir so vor, als ob wir uns bereits ein halbes Leben lang kennen."

„Das geht mir auch so."

„Vielleicht haben wir uns immer gesucht."

„Vielleicht waren wir uns immer nah und muss-ten uns eines Tages begegnen."

„Das ist eine schöne Vorstellung, Hauke."

Unser Kommunikationsfluss stockte für einen Augenblick.

„Ich weiß: Es ist nicht richtig, dass ich Dich liebe", schrieb sie mir schließlich.

„Was meinst Du damit?"

„Du bist verheiratet, Hauke. Es ist eine Sünde."

„Eine Sünde?"

„Ja, mein Glaube verbietet es."

„Wie kann es Sünde sein, einen Menschen zu lie-ben? Unsere Liebe schadet oder verletzt doch nie-manden."

„Trotzdem ist es Sünde. Ich darf keinen verheira-teten Mann lieben."

„Ich denke, der Schöpfer freut sich über alle Lie-benden. Betrübt ist er wohl eher über diejenigen, die von Hass erfüllt sind und sich und andere zum Opfer ihres Hasses machen."

„Das möchte ich gern glauben, Hauke. Aber wie dem auch sei: Ich liebe Dich nun einmal und daran kann nichts und niemand etwas ändern."

„Ich liebe Dich auch, Rosanna. Aber..."

„Aber..?"

„Aber wie soll es mit uns weitergehen?"

„Ich weiß es nicht, Hauke."

„So, wie es jetzt aussieht, ist unsere Liebe schrecklich hoffnungslos. Es könnte sein, dass wir uns niemals begegnen, niemals berühren, niemals umarmen und küssen. Das ist wirklich eine grausame Vorstellung."

„Ich könnte weinen, wenn ich daran denke."

„Ich auch, Rosanna."

„Glaubst Du nicht, dass wir uns einmal sehen könnten?"

„Hm, vergiss nicht, ich bin verheiratet. Außerdem kann ich nicht, wie andere Leute, Urlaub machen. Ich bin freier Journalist. Wenn ich nicht arbeite, verdiene ich kein Geld. Ich könnte versuchen, zu sparen, aber das ist schwierig und langwierig. Es sieht wirklich nicht gut aus."

„Spare doch einfach das Geld, das Du mir schickst."

„Nein, das brauchst Du zum Überleben."

„Ich kann auch von Wasser und Brot leben. Darin habe ich Erfahrung"

„Nein, das kommt nicht in Frage. Ich werde darüber nachdenken. Vielleicht fällt mir ja etwas ein."

„Ich wünsche mir so sehr, dass wir uns einmal begegnen."

„Ich ebenso. Aber stell Dir vor, wir begegnen uns wirklich, verbringen eine schöne Zeit miteinander und müssten uns dann wieder trennen: Das wäre auch grausam."

„Oh ja, Hauke, das wäre so schlimm… Vielleicht schaffen wir es gar nicht…"

„Uns zu trennen?"

„Ja."

„Hm. Was geht in Deinem schönen Köpfchen vor?"

„Alles Mögliche, Hauke."

„In meinem ebenfalls. Wir werden sehen, was die Zukunft bringt. Im Augenblick liegt jedenfalls alles in Ungewissem."

„Gott wird alles in die richtigen Bahnen lenken."

„Das hoffe ich."

16.

Ein ungutes Gefühl beschlich mich, als mir meine Frau an einem bis dahin ungetrübt verlaufenen Sonnabendmorgen mitteilte, dass wir am Nachmittag Besuch bekommen würden: Meine Tochter und ihr Freund wollten auf eine Tasse Kaffee vorbeischauen. Am liebsten hätte ich einen Zeitungstermin vorgeschoben, um für die Dauer ihres Besuchs zu verschwinden, doch wollte ich keinen Streit provozieren. So blieb ich und harrte tapfer aus, bis alles überstanden war.

Das Kaffeetrinken zu viert verlief so, wie ich es mir vorgestellt hatte. Fast sämtliche Gespräche, die wir, besser: meine Frau und der Besuch, führten, kreisten um Beruf und Karriere – ein Thema, zu dem ich wenig beitragen konnte und wollte. So nahm ich, wie gewohnt, die Rolle eines Zuhörers oder Statisten ein, der sich glücklich schätzen durfte, in diesem erlauchten Kreis der aufstrebenden, überqualifizierten und beinahe mit göttlichen Kompetenzen ausgestatteten Karrieristen geduldet zu werden. Wie klein, nichtig und armselig war ich gegen sie! Wenn sich Marc oder Agneta einmal dazu herabließen, mich persönlich anzusprechen, so lediglich, um sich oberflächlich nach meinem Befinden oder nach meinem monatlichen Auftragsvolumen bei der Zeitung zu erkundigen.

„Die Printmedien sind ja ein Auslaufmodell. Aber vielleicht überleben die Zeitungen ja dank neuer Vermarktungsmöglichkeiten im Internet", ließ sich Marc vernehmen.

„Naja, Papa geht sowieso in einigen Jahren in den Ruhestand. Für ihn spielt das alles keine große Rolle mehr", stellte Agneta fest und fügte hinzu: „Eines muss man Papa lassen: Er war zwar nicht unbedingt erfolgreich im Berufsleben und in der Schriftstellerei, aber immer sehr fleißig."

Diese abfällige Bemerkung verfehlte bei Maria und Marc nicht ihre Wirkung. Sie brachen in überhebliches Gelächter aus, das sie jedoch schnell wieder einstellten.

Meine Reaktion bestand in einer bescheidenen Frage, die ich an die Drei richtete: „Wenn Anstand und Charakter im Beruf gefragt wären, wo stündet ihr jetzt eigentlich?"

Dann verabschiedete ich mich äußerst höflich mit

der Begründung, eine politische Veranstaltung besuchen zu müssen.

„Die Zeitung ruft. Es tut mir wirklich leid.“

Ich schlug drei Kreuze, als ich in meinem Wagen
saß und zusehends Distanz von meinem Zuhause
gewann. Neben mir, auf dem Beifahrersitz, lag
meine Fototasche, die ich aus Alibigründen mitge-
nommen hatte.

„Wie schön ist es, Familie zu haben – besonders,
wenn sie so hinter einem steht wie meine“, dachte
ich und lachte laut auf.

Ich fuhr zu einem Arbeitskollegen, der sich immer freute, wenn ich bei ihm klingelte, und hielt
mich dort mehrere Stunden lang auf. Als ich
glaubte, dass Tochter und Freund das Feld wieder
geräumt hatten, kehrte ich ins traute Heim zurück,
wo ich eine stumme Frau vorfand. Das war nichts
Neues – auch nicht, dass sie mir gegenüber blind
und taub war.

„Wie kann sich Deine Tochter nur so abfällig
über Dich äußern?“, empörte sich Rosanna, als ich
ihr bei einem unserer verhältnismäßig seltenen Te-
lefonate von dem Vorfall berichtete.

„Es ist eben Ausdruck ihrer großen Wertschätzung, die sie mir entgegenbringt."

„Ich finde das wirklich traurig."

„Wenn ich Bestseller schreiben oder das dominierende Alphatier auf einer Chefetage wäre, würde sie mich anhimmeln. Aber so? Wer bin ich denn schon? Ein Schreiberling, nichts weiter. Sie hat absolut keinen Grund, mich zu mögen."

„Dabei bist Du so ein wertvoller, begabter und lieber Mensch. Ich kenne hundert Gründe, Dich zu lieben."

„Du musst sie aber jetzt nicht alle aufzählen, Rosanna."

„Ich würde Dich gern küssen und damit alles ausdrücken, was ich für Dich empfinde."

„Dann mach es doch! Ich warte."

Ich musste nicht lange warten. Schon im nächsten Augenblick beglückte sie mich mit etlichen, schmatzenden Kussgeräuschen, die meine Fantasie anregten. Wie viel lieber wäre es mir allerdings gewesen, wenn wir uns tatsächlich in den Armen halten und uns küssen würden. Ich wünschte mir, ebenso wie Rosanna, wirkliche Nähe und nicht nur den Schein davon. Oh, wie sehnte ich mich nach

Rosanna, meiner Rosanna! Manchmal glaubte ich, es nicht mehr aushalten zu können. Ich vermied es allerdings, ihr meine Gedanken zu verraten, denn das hätte uns wieder, wie schon so häufig, in einen Strudel der Verzweiflung und Hoffnungslosigkeit gerissen. Keine Vorstellung war für uns so schrecklich wie die, niemals zueinander zu finden. Keine…

17.

Rosanna war eifersüchtig, wie ich immer wieder feststellen musste. Dies zeigte sich beispielsweise, wenn eine meiner zahlreichen, unbekannten FB-Freundinnen einen Beitrag von mir – gleichgültig ob Buch oder Video – mit einem Herz likten oder einen freundlichen Kommentar schrieben und ihn mit einem sehenswerten Foto von sich versahen. Aber ebenso, wenn ich den Beitrag einer FB-Nutzerin kommentierte, was höchst selten der Fall war. Häufig machte sie sich dann noch die Mühe, den Kommentar mittels Google in ihre Sprache zu übersetzen, wobei entstehende Übersetzungsfehler zu Missverständnissen bei ihr führten und bohrende Fragen auslösten.

„Du findest diese Frau attraktiv, nicht? Vielleicht möchtest Du Dich ja mit ihr treffen! Naja, ich bin eben weit weg und diese Frau ist nah. Was kann ich machen?"

Es dauerte jedes Mal längere Zeit, bis ich ihr alles erklärt und sie wieder beruhigt hatte. Was das Chatten betraf, so hatte ich ihr gleich, nachdem wir einander unsere Liebe bekannt hatten, glaubhaft erklärt, dass sie meine einzige Chat-Partnerin sei und bleibe: Ich hätte nicht das geringste Interesse, mich mit anderen Frauen – oder Männern – auszutauschen. Sie hingegen versicherte, dass sie außer mit mir nur noch mit Familienmitgliedern chatte, woran sich natürlich nichts ändern werde.

„Du bist mir genug, mein lieber Hauke.“

Daher war ich recht erstaunt, als sie mir eines Tages mitteilte, dass sie mehrmals mit einem 50-jährigen Mann gechattet habe.

„Soso, interessant…“ war meine erste Reaktion. „ Und wie ist es dazu gekommen?“

„Er hat mir geschrieben, dass er sich in mich verliebt hat und sich mit mir treffen will. Er lebt ebenfalls in Deutschland, ist aber türkischstämmig.“

„Dann steht Dir ja ein angenehmer Aufenthalt in meinem Heimatland bevor.“

„Ach Hauke, rede keinen Unsinn. Natürlich treffe ich mich nicht mit ihm.“

„Warst Du denn mit diesem Mann auf Facebook befreundet?“

„Nein, er hat mir eine Freundschaftsanfrage geschickt, die ich angenommen habe.“

„Ich dachte, ich genüge Dir.“

„Tust Du ja auch. Ich war einfach nur neugierig.“

„Hm, interessant… Und chattest Du weiterhin mit ihm?"

„Nein, natürlich nicht. Ich werde ihn auf Facebook blockieren."

„Das solltest Du Dir vielleicht noch einmal überlegen. Immerhin scheint er ernsthaft an Dir interessiert zu sein. Er könnte Dir ein sorgenfreies Leben ermöglichen."

„Weißt Du, wie sehr es mich verletzt, was Du sagst?"

„Weißt Du, wie sehr es mich verletzt, was Du getan hast?"

„Was habe ich denn getan? Ich habe lediglich ein paarmal mit ihm gechattet, das ist alles."

„Du hast mein Vertrauen gebrochen, Rosanna."

„Ist es denn so schlimm, dass ich mit ihm gechattet habe. Es ist doch schon wieder vorbei."

„Es geht nicht um schlimm oder nicht schlimm. Verstehst Du nicht, was ich meine?"

„ Doch, ja… Aber ich habe mir nichts dabei gedacht. Ich war einfach nur neugierig, wie ich Dir bereits sagte."

„Ja, die Neugierde der Frauen…"

„Oh Hauke, es tut mir leid."

„ Du reagierst schon eifersüchtig, wenn ich jemandes Beitrag kommentiere. Wie erst, wenn ich mit einer Frau chatten würde, die sich in mich verliebt hat? Ich kann es mir lebhaft vorstellen."

„Du hast ja Recht, Hauke. Es tut mir wirklich leid. Verzeihst Du mir noch einmal?"

„Ich bin enttäuscht von Dir Rosanna. Aber immerhin hast Du mir alles offen erzählt. Du hättest es mir ja auch verschweigen können."

„Ich hatte von Anfang an vor, Dir alles zu erzählen, glaub mir."

„Ich glaube Dir, Rosanna."

„Oh Hauke, ich wollte Dich nicht verletzen. Ich liebe Dich..."

„Ist schon gut, Rosanna."

„Können wir die Geschichte nicht einfach vergessen?"

„Mit der Zeit wird Gras darüber wachsen."

„Oh mein Hauke. Ich würde Dich jetzt so gern umarmen und küssen."

„Ich Dich auch, Rosanna. Es ist alles gut."

Zwar hatte mir der Vorfall einen Stich versetzt und stand für einige Zeit zwischen Rosanna und mir, doch dachte ich niemals daran, unsere Beziehung in Frage zu stellen. Ich war mir sicher, dass Sie mich ehrlich und tief liebte – ebenso, wie ich sie. Sie hatte einen Fehler begangen, was sie aufrichtig bereute, aber gewiss keinen, den man nicht verzeihen konnte. Sie war und blieb meine süße Rosanna, die ich in meinem Leben nicht mehr missen mochte.

18.

Ich saß in der Wohnstube an meinem Schreibtisch und feilte an einem Text zum Thema „Kinderschutz in Sportvereinen", den ich am nächsten Tag unbedingt abliefern musste, als die Haustür aufsprang und Agneta hereinschoss. Sie stürmte an mir vorbei und verschwand augenblicklich im Schlafzimmer, wo sie mit schrillen Rufen ihre Mutter weckte, die sich nach der Arbeit ein wenig hingelegt hatte.

„Mama, es ist aus! Zwischen mir und Marc ist es aus!"

Ich hörte, wie sie in hemmungsloses, fast hysterisches Schluchzen ausbrach, das erst nachließ, als meine Frau, mittlerweile hellwach, beruhigend auf sie einsprach. Dann vernahm ich eine Zeit lang nur noch ein unverständliches Stimmengemurmel, bis die Beiden das Schlafzimmer verließen und in der Stube auftauchten.

„Weißt Du, was passiert ist?" fragte mich meine Frau mit dramatischem Unterton in der Stimme.

„Es passiert viel, wenn der Tag lang ist", erwiderte ich leicht ironisch. „Aber wenn ich richtig gehört habe, ist es aus zwischen Agneta und ihrem geliebten, beruflich so erfolgreichen Marc. Könnte es vielleicht sein, dass er seinen Ehrgeiz auf den Verschleiß von Frauen erweitert hat?"

„Ja, er hat mich betrogen, Papa – mit einer Kollegin. Ich hab´ die Beiden erwischt, wie sie auf dem Fußboden seines Büros… Oh, es war so schrecklich…Ich bin so schockiert… Und ausgerechnet mit dieser Tussi von Magrit, die fünf Jahre älter ist als er. Dabei hat er mir immer gesagt, dass er auf Jüngere steht, so wie mich."

„Ein kleiner Ausflug ins Alter. Vielleicht hat es ja gar keine Bedeutung für ihn."

„Aber für mich. Es ist aus, endgültig aus."

„Wie hat er denn reagiert, als Du plötzlich im Büro standst?"

Agneta sah mich für einen Augenblick mit leerem Blick an, bevor sie in einen hysterischen Weinkrampf ausbrach, der allerdings so abrupt endete wie er begann.

„Er hat mich gebeten, so lange draußen zu warten, bis sie fertig sind."

„Oh, wenn das nicht Ausdruck seiner hohen Wertschätzung und Liebe für Dich ist. Hat es denn in der letzten Zeit Konflikte oder Streitigkeiten zwischen Euch gegeben? Oder ist etwas vorgefallen?"

„ Eigentlich nur die üblichen Kabbeleien um Kleinigkeiten, die nun einmal im Alltag entstehen. Allerdings… Allerdings haben wir uns häufiger in die Wolle gekriegt, weil er darauf bestand, dass ich einen Beitrag zum Haushalt beisteuere. Und das von dem bisschen Ausbildungsvergütung, die ich bekomme. Ich fand das eine Unverschämtheit."

„Könnte es vielleicht sein, dass er des Zusammenlebens mit Dir schlicht und einfach überdrüssig war?"

Dieser Gedanke schien Agneta auch schon gekommen zu sein, wie ich ihrem Gesichtsausdruck entnehmen konnte. Eine Antwort blieb sie jedoch schuldig.

„Dieser Marc ist ein ganz schäbiger Charakter", mischte sich meine Frau ein. „Gut, dass es jetzt passiert ist und nicht später."

„Und wie geht es nun weiter?" wollte ich von meiner Tochter wissen.

„Ich bleibe hier. Meine Sachen hole ich in den nächsten Tagen bei ihm ab. Es sind ja eh nicht so viele."

„ Ja, okay."

„Ich werde die Sachen abholen, wenn Du nichts

dagegen hast, Agneta. Habe nämlich noch ein Wörtchen mit dem Herrn zu reden."

„Wenn Du willst, Mama. Ich lege sowieso keinen großen Wert darauf, ihn noch einmal wiederzusehen. In meinem ganzen Leben hat mich noch niemand so gedemütigt und verletzt wie er. Ich hätte das niemals von ihm gedacht. Wir waren doch auf der gleichen Wellenlänge und hatten so große Pläne."

„Vielleicht hatte er mit Dir ja in Wirklichkeit andere Pläne – kurzfristigere, um das einmal so zu formulieren. Nach großer Liebe zwischen Euch sah es mir jedenfalls nie aus, wenn ich das einmal sagen darf."

Agneta sah mich überrascht an, erwiderte jedoch nichts. Stattdessen tippte sie ihre Mutter an und bat sie, mit ihr eine Tasse Kaffee in der Küche zu trinken.

„Das brauche ich jetzt!"

Agneta war also wieder zurück, was sich jedoch kaum bemerkbar machte, da sie sich auf ihre Prüfung vorbereiten musste. Dass sie diese glänzend, höchstwahrscheinlich sogar als Beste, bestehen würde, stand für mich zweifelsfrei fest. Ihr Ehrgeiz ließ es nicht zu, einen anderen Platz als den auf dem Siegerpodest einzunehmen: Sie war schließlich kein Loser wie ich.

19.

Das Touristenparadies Boracay ist bekannt für
seine Ferienanlagen und Strände. Palmen, Bars und
Restaurants säumen die „White Beach" an der
Westküste, während „Bulabog Beach" an der Ost-
küste wegen der starken Winde ein beliebtes Was-
sersportzentrum ist. An den Korallenriffen und in
den Schiffswracks an der Küste tummeln sich Fi-
sche und andere Meerestiere. Das hört sich alles gut
an. Doch leider versäumten es die großen Hotels,
die zudem noch auf Regierungsland stehen, sich
mit modernen, effektiven Kläranlagen auszurüsten
und leiteten sämtliche menschlichen Exkremente
direkt ins Meer. Das erzürnte den philippinischen
Regierungschef Rodrigo Duterte, der anordnete,
dass die gesamte Insel für ein halbes Jahr oder länger für den Tourismus gesperrt werden müsse, um
die Hotels mit Kläranlagen auszustatten. Das bedeutete für die meisten dort Beschäftigten, dass sie
ihren Arbeitsplatz verlieren würden, wobei noch
nicht feststand, ob endgültig oder nur für eine be-
grenzte Zeit. Davon betroffen war auch Rosanna,
die darüber sehr verzweifelt war.

„Ich fühle mich so, als ob mir der Boden unter

den Füßen weggerissen wird", gestand sie mir während eines unserer Chats. „Zwar ist mein jetziger Job nicht gerade ideal und insbesondere die Nachtschicht macht mir arg zu schaffen – aber besser, als gar kein Job. Was soll nun werden? Wo soll ich hingehen? Wo finde ich neue Arbeit? Das einzige, was mir bleibt, ist, nach Kananga, zu meinen Eltern, zurückzukehren und zu versuchen, dort Arbeit zu finden."

„Wie sind denn die Aussichten?"

„Hm – ich weiß es nicht. Was ich aber weiß, ist, dass die Arbeit in der Provinz schlecht bezahlt wird. Als Lady-Guard würde ich dort höchstwahrscheinlich nur zwei Drittel meines jetzigen Lohnes erhalten."

„Der ja auch nicht gerade üppig ist."

„Das kann man wohl sagen."

„Nach Manila, zu Deiner alten Arbeitgeberin, möchtest Du nicht zurück?" frage ich in scherzhaftem Ton.

„Genauso gut könntest Du fragen, ob ich zurück in die Hölle will."

„Und? Willst Du?"

Als Antwort schickte sie mir ihren Lieblings-

Emoji, eine Teufelsfratze.

Am Vortag ihrer Abreise nach Kananga schrieb mir Rosanna noch einmal, wie niedergeschlagen sie sei, dass sie jetzt ohne Arbeit dastehe.

„Vor dieser Situation habe ich mich immer gefürchtet, jetzt ist sie da. Ich frage mich wirklich, weshalb ich in meinem Leben so geprüft werde. Muss ich für irgendetwas büßen, wovon ich nichts weiß? Vielleicht ist das alles auch eine Prüfung Gottes…"

„Hm – eine Prüfung ist es auf jeden Fall, wenn Du so willst."

„Bei Euch in Deutschland erhalten die Arbeitslosen ja wenigstens finanzielle Unterstützung, wie Du mir erzählt hast. Auf den Philippinen nichts. Hier stehst Du von einem Tag zum anderen ohne Einkünfte da, wenn Du Deine Arbeit verloren hast. Es ist wirklich eine schreckliche Situation."

„ Ich fühle mit Dir, Rosanna. Ich wünschte, ich könnte Dich noch besser unterstützen."

„ Oh nein, Hauke! Du tust schon genug für mich, wofür ich Dir so dankbar bin. Dein Geld sichert mir immerhin das Überleben. Nun bin ich gefordert."

„An Deiner Stelle würde ich mich erst einmal einige Tage erholen, wenn Du zu Hause bist, und dann allmählich anfangen, mein Leben neu zu organisieren."

„Ja, genau das ist die Reihenfolge, Hauke."

„Was sagen denn Deine Eltern dazu, dass Du wieder nach Hause kommst?"

„Hm – Sie sagen, Sie freuen sich auf mich. Aber sie wissen natürlich auch, dass es nicht freiwillig ist und ich lieber weiter selbstständig gelebt hätte."

„Ja, sicher."

„Im Stillen hoffen sie vielleicht, dass ich bleibe und den Reisverkauf organisiere."

„Was für Dich aber nicht in Frage käme..?"

„Nur als letzte Möglichkeit, falls ich wirklich keine andere Arbeit finden sollte. Aber bis zu meinem Lebensende möchte ich das auf keinen Fall machen."

„Ich wünsche Dir, dass Du eine gute und gut bezahlte Arbeit findest. Du bist doch so eine intelligente Frau."

„Ich werde Gott um Hilfe bitten."

Die nächsten Nachrichten, die ich von Rosanna erhielt, schickte sie mir von unterwegs. So war ich immer bestens informiert, wo sie sich gerade aufhielt und mit welchem Transportmittel – Schiff, Bus, Bahn oder Flieger – sie reiste. Natürlich schilderte sie mir auch ihre Stimmungslage, in der sie sich befand und von ihr als Mischung aus Niedergeschlagenheit, Lethargie und Aufgeregtheit beschrieben wurde. Manchmal glomm in ihr für einen kurzen Augenblick auch leichte Freude auf, wenn sie daran dachte, dass sie nun nach Hause, zu ihrer Familie, zurückkehre und keine Nachtschicht mehr im Hotel machen müsse, worunter sie so sehr gelitten hatte. Die gesamte Reise dauerte etwa vierundzwanzig Stunden, dann konnte sie Mutter und Vater wieder in die Arme schließen. Dort wollte sie so lange bleiben, bis sie wieder Arbeit gefunden hatte und sich ein eigenes Zimmer leisten konnte.

„Ein Bett habe ich nicht, aber immerhin einen Schlafsack – der ist eigentlich recht bequem" teilte sie mir mit.

Weniger bequem war es allerdings für sie, mit mir zu chatten, da sie in der elterlichen Hütte kein Signal empfangen konnte. Dazu musste sie jedes Mal eine Anhöhe erklimmen, was strapaziös war und sie außer Atem brachte. Aber für einen Chat mit mir nahm sie dies gern in Kauf.

20.

Einige Veränderungen bei meinem Zeitungsverlag, für den ich arbeitete, verbesserten meine finanzielle Situation und versetzten mich in die Lage, Rosanna stärker zu unterstützen. Mein Verlag kaufte nämlich einige Konkurrenzblätter in meiner Heimatregion auf, so dass ich nun für mehr Publikationen „zur Feder" greifen konnte. Diese Gelegenheit ließ ich mir natürlich nicht entgehen. Ich setzte mich umgehend mit den zuständigen Redaktionen in Verbindung, gab meine Kontaktdaten durch und bekam schon bald meine ersten Aufträge. „Es läuft" stellte ich befriedigt fest. Natürlich hielt ich nicht vor Rosanna mit dieser erfreulichen beruflichen Entwicklung hinter dem Berg, die mir monatlich einige hundert Euro mehr auf mein Konto spülte.

„Die Ebbe in meinem Portemonnaie scheint dauerhaft überwunden. Das ist doch einmal ein Lichtblick", schrieb ich ihr leicht überschwänglich.

„Oh, ich freue mich so sehr mit Dir, mein Hauke. Du hast es wirklich verdient", antwortete sie mir.

Von meinem Angebot, ihr ab sofort monatlich einhundert Euro mehr zu überweisen, wollte sie allerdings nichts wissen.

„Du bist so ein lieber Mensch, Hauke und ich danke Dir für Dein Angebot. Aber ich möchte das nicht. Du unterstützt mich bereits genug."

Da auch meine Überredungsversuche nichts fruchteten, gab ich schließlich auf – nicht ohne sie darauf hinzuweisen, dass mein Angebot weiterhin bestehe. Sie könne jederzeit darauf zurückgreifen. Meiner Frau erzählte ich nichts von meiner verbesserten finanziellen Situation, in der ich mich jetzt befand: Sie musste nicht alles wissen. Außerdem hätte sie nur die Gelegenheit genutzt – so, wie ich sie kannte – mich abzuwerten, da ich ja schließlich nur von einer Geschäftsentscheidung meines Zeitungsverlages profitierte und keinen eigenen Anteil an der positiven Entwicklung hatte.

Was ich am Monatsende übrig hatte von meinem Journalistenhonorar, gab ich nicht etwa im Kaufrausch aus, was mir völlig fernlag, sondern legte es auf die „hohe Kante". Dazu hatte ich mir eigens ein Sparkonto bei einer Bank eingerichtet, die keineswegs dem Volk gehörte, wie es ihr Name suggerierte, sondern nur sich selbst. Wozu ich das Geld einmal verwenden wollte, wusste ich nicht. Das würde sich finden. Vielleicht, um Rosanna damit unter die Arme zu greifen, wenn sie es eines Tages brauchte, oder mir davon ein Flugticket nach den Philippinen zu kaufen…

21.

Nach einigen Tagen unermüdlicher und hartnäckiger Arbeitssuche hatte es Rosanna geschafft: Sie war wieder in „Lohn und Brot".

„Ich arbeite für einen großen privaten Haushalt", berichtete sie mir. „Meine Arbeitszeit ist täglich von sieben bis neunzehn Uhr, also keine Nachtschicht mehr."

„Oh, das freut mich ja. Wie bist Du denn an diesen Job gekommen?"

„Eine Nachbarin meiner Eltern hat mich darauf aufmerksam gemacht, dass eine reiche Unternehmerfamilie in Kananga Personal für den Haushalt sucht. Tja, und dann habe ich mich sofort auf den Weg gemacht und dort persönlich vorgesprochen…"

„Da hast Du ja wirklich Glück gehabt."

„Wenn Du so willst, ja. Aber ich habe die Leute natürlich auch von mir überzeugt."

„Du hast sie im Handumdrehen für Dich eingenommen."

„Wie es so meine Art ist."

„Mich hast Du ja auch im Sturm erobert."

„Im Taifun."

„Nun bin ich Dir willenlos ausgeliefert."

„Wäre es nur so. Oh Hauke, ich möchte Dich küssen, umarmen, lieben – und nicht nur in der Fantasie."

„ Ich Dich auch, Rosanna. Nichts, was ich mir mehr wünschte. Am liebsten würde ich jetzt die Koffer packen und zu Dir aufbrechen."

„ Dann mach es doch. Ich warte am Flugplatz auf Dich. Und wenn Dein Flugzeug landet und ich Dich sehe, werde ich auf Dich zulaufen und mich in Deine Arme werfen."

„Ich komme Dir auf jeden Fall entgegen. Hoffentlich laufen wir nicht aneinander vorbei."

„Du musst immer Deine Späßchen machen. Aber das mag ich an Dir, Hauke."

„Der Tag ist vielleicht gar nicht mehr so fern, ab dem ich Dich wirklich besuche: Ich spare bereits dafür. Ich hoffe nur, dass Du nicht enttäuscht bist, wenn Du mich siehst."

„Oder Du von mir."

„Wie könnte ich? Du bist schön, intelligent, wie Du ja sehr wohl weißt. Aber selbst, wenn Du das nicht wärst, so wärst Du doch meine Rosanna, meine süße Rosanna, die ich über alles liebe."

„Oh Hauke, ich liebe Dich auch – mehr als ich sagen kann."

Für einen Augenblick stockte unsere Unterhaltung, die ich mit einer Klage über das ungerechte Schicksal wieder aufnahm.

„Weshalb muss es eigentlich zwischen uns so schwierig sein, Rosanna? Weshalb müssen die Philippinen das einzige Land sein, in dem es keine Scheidung gibt? Normalerweise wären wir beide jetzt geschieden und würden unsere Hochzeit planen, um – höchstwahrscheinlich in Deutschland – in eine neue, gemeinsame Zukunft zu starten. Stattdessen wissen wir nicht, wir zueinander kommen sollen und stehen vor einem Berg von Schwierigkeiten und Hindernissen."

„Ja, Du hast Recht, Hauke."

„Du kannst nicht in Deutschland leben, ich nicht in den Philippinen. Wenn wir uns sehen, dann nur kurz, weil wir in unserem jeweiligen Heimatland arbeiten und Geld verdienen müssen. Die einzige theoretische Möglichkeit, aus dieser Situation herauszukommen, die Annullierung Deiner Ehe, ist uns verschlossen: Sie ist für uns unbezahlbar und würde sich über Jahre erstrecken. Und es ist nicht einmal sicher, ob sie am Ende tatsächlich vollzogen wird. Es ist wirklich vertrackt."

„Vielleicht sollte ich einfach illegal in Deutschland leben? Gedacht habe ich schon einmal daran."

„Ich auch. Ich habe wirklich über alle Möglichkeiten nachgedacht, das kannst Du mir glauben. Vielleicht mag es in Deinem Land noch möglich sein, illegal zu leben, in meinem nicht. Die deutschen Behörden sind gründlich und hartnäckig und lassen keine menschlichen Erwägungen gelten. Eines Tages würde die Polizei vor unserer Haustür stehen und Dich mitnehmen…"

„Ach, Hauke, ich sehne mich so sehr nach Dir und möchte mit Dir zusammenleben. Was können wir tun?"

„Ja, was können wir tun, meine süße Rosanna… Was können wir tun? Wenn ich es nur wüsste. Ich habe nicht einmal die Möglichkeit, später als Ruheständler meinen Lebensabend in den Philippinen zu verbringen, weil meine Rente zu gering ist. Oh Rosanna, es ist alles so hoffnungslos."

„Ich werde zu Gott beten, damit er uns hilft. Er zeigt uns einen Weg auf."

„Ja, bete, Rosanna. Ich kann nur hoffen, dass

Deine Gebete etwas bewirken."

Nachdem Rosanna Arbeit gefunden hatte, begab sie sich umgehend auf Zimmersuche, die allerdings anders ablief als meinetwegen in Deutschland. So studierte sie nicht etwa die Wohnungsangebote in der Zeitung oder gab selbst ein Inserat auf, sondern lief die Straßen der Stadt ab und hielt Ausschau nach Schildern, die auf leerstehende Wohnungen aufmerksam machten. Außerdem fragte sie in Geschäften und Polizeirevieren der verschiedenen Stadtviertel nach. Schließlich entdeckte sie ein kleines, verwaistes Häuschen, das einen neuen Bewohner suchte. Sie klopfte bei dem Eigentümer an, besichtige mit ihm das Häuschen und mietete es an.

„Mein neues Heim hat einen größeren Raum zum Wohnen und Schlafen sowie eine Küche und ein Badezimmer", informierte sie mich. „Und ich habe ich auch fließendes Wasser im Haus und muss es nicht von draußen holen wie auf Boracay."

Ich beglückwünschte Rosanna.

„Ich freue mich für Dich. Du bist bestimmt froh, wieder ein eigenes Dach über dem Kopf zu haben."

„ Ja, sicher. Die Verhältnisse bei meinen Eltern

sind doch sehr beengt. Für drei erwachsene Menschen ist ihr Haus nicht geschaffen."

„ Du hast eigentlich viel Glück gehabt in letzter Zeit. Du hast relativ schnell Arbeit gefunden und neuen Wohnraum."

„Ja, das stimmt. Aber ich würde es vielleicht nicht Glück nennen. Gott hat mir die richtigen Wege aufgezeigt."

Wenn das so war, so blieb er ihr aber die Wohnungseinrichtung schuldig: Rosanna hatte nicht ein einziges Möbelstück – auch kein Bett oder Sofa. Sie schlief in einem Schlafsack auf dem harten, kalten Steinboden, wovon sie starke Rückenschmerzen bekam. Da sie noch keinen Lohn erhalten hatte und mit den fünftausend Pesos aus meinem Portemonnaie die Mietkaution bezahlt hatte, konnte sie sich im Augenblick kein Bett oder Schlafsofa zulegen. So bot ich ihr an, ihr das Geld dafür zu schicken, was sie nach einigem Hin und Her annahm. Dank Western Union hatte sie es bereits einige Stunden später in Händen und konnte damit ein großes Kaufhaus in Ormoc aufsuchen, wo sie schließlich die richtige Schlafcouch einschließlich einer Schondecke für sich fand. Natürlich fotografierte sie es sogleich und schickte mir die Aufnahme umgehend zu.

„Na, gefällt sie Dir?" fragte sie bei mir an.

„Sieht nicht schlecht aus. Ist sie auch weich?"

„Sicher. Und sie hat einen Stauraum, in dem ich mein gesamtes Bettzeug unterbringen kann. Das ist wichtig."

„Ich verstehe. Gut eingekauft, Rosanna."

„Gut bezahlt, mein lieber Hauke. Es wäre nur schön, wenn ich darauf nicht alleine schlafen müsste."

„ Denkst Du da an jemanden Bestimmten?"

„Wenn ich intensiv nachdenke, fällt mir vielleicht jemand ein."

Die Schlafcouch war ihre erste Anschaffung für die neue Wohnung, ein Schrank, eine kleine Tischgruppe und ein Elektroherd sollten folgen, sobald sie das nötige Kleingeld dafür zusammen hatte. Vorerst blieb ihr jedoch nichts anderes übrig, als ihre Kleidung und alle anderen Sachen, die sie besaß, auf dem Fußboden zu lagern. Dort bereitete sie auch ihre Gerichte vor und kochte sie mangels eines Herdes in einem Wasserkocher: Man musste sich nur zu helfen wissen.

Ein großes Glück für Rosanna war es, dass sie die Unternehmerfamilie, für die sie arbeitete, freundlich und respektvoll behandelte: Das war nicht selbstverständlich in einem Land, in dem die Arbeitskräfte kaum Rechte besaßen und wie einst in den industriell entwickelten Ländern Europas im neunzehnen Jahrhundert schamlos ausgebeutet wurden. Insofern war Rosannas Situation insgesamt gesehen besser als auf Boracay, zumal sie nicht mehr in Wechselschicht arbeiten musste: Das half ihrer Gesundheit auf.

22.

Endlich hatte ich genügend Geld zusammen für ein Flugticket und einen einwöchigen Aufenthalt in einem preisgünstigen Hotel in den Philippinen und konnte mit meinen Reisevorbereitungen beginnen. So meldete ich bei meinem Zeitungsverlag meinen Urlaub an, der ihn ohne Umschweife genehmigte, und buchte online beim günstigsten Anbieter meine Reise. Bevor ich anfing, meinen Koffer zu packen, in formierte ich meine Frau darüber, dass ich Urlaub machen wolle.

„Ich habe ein kleines Ferienhaus an der Ostsee gebucht", log ich sie an. „Ich brauche das einfach einmal. In den vergangenen zehn Jahren habe ich nicht einen einzigen Tag wirklich frei gehabt."

Meine Frau schaute mich ungläubig an und setzte dann ein abschätziges Grinsen auf.

„Wenn Du Dir das leisten kannst. Wir beide unternehmen ja sowieso nichts mehr zusammen. Viel Spaß."

Damit hatte ich den unangenehmsten Teil der Reisevorbereitungen, wie ich es empfand, hinter mich gebracht. Rosanna konnte es kaum fassen, als ich ihr mitteilte, dass ich sie in einer Woche besuchen wolle.

„Wirklich, Hauke? Ich kann es nicht glauben. Wir werden uns tatsächlich sehen? Oh Hauke, davon habe ich immer geträumt."

„ Ich auch, Rosanna. Ja, jetzt wird es Wirklichkeit. Wir werden uns gegenüberstehen und..."

„Und einander in die Arme fallen und uns küssen, immer wieder und wieder. Ich werde bestimmt weinen vor Glück."

„Ich bin so aufgeregt, Rosanna. Aber ich habe auch ein wenig Angst. Dann wirst Du nämlich in mein Gesicht sehen – und das ist das Gesicht eines alten Mannes."

„Du weißt doch, dass es grundsätzlich keine Bedeutung für mich hat, ob Du jung oder alt, hässlich oder schön bist. Ich liebe Dich so, wie Du bist. Das habe ich Dir schon so oft gesagt. Aber vielleicht willst Du ja noch einmal von mir hören, dass Du ein attraktiver Mann bist. Ja, mein Hauke, Du bist ein sehr attraktiver Mann und von Alter sehe ich in Deinem Gesicht nichts."

„Naja, warte einmal ab, bis ich Dir gegenüberstehe."

„Hauke, Du bist süß. Ich liebe Dich. Nichts kann meine Liebe zu Dir trüben. Du gibst meinem Leben Sinn, erfüllst mich mit Hoffnung und unterstützt mich. Du gibst mir so viel. Worte reichen nicht hin, um auszudrücken, was ich für Dich empfinde."

„Das Gleiche könnte ich von Dir sagen, Rosanna. Wie leer wäre mein Leben ohne Dich. Aber es war wohl wirklich Schicksal, anders kann ich es nicht ausdrücken, dass wir uns begegneten."

„Da bin ich mir ganz sicher. Gott hat es so gewollt – und Gott bestimmt unser aller Schicksal."

„Bevor ich Dich kennenlernte, hatte ich den Glauben an die Liebe verloren. Durch Dich liebe ich wieder… Ich liebe Dich, Rosanna, liebe Dich so, wie ich niemals zuvor einen Menschen geliebt habe."

„Ich Dich auch, Hauke."

„Es ist alles so schön und so unbegreiflich."

„Weißt Du, nach meiner Ehe wollte ich nichts mehr von Männern wissen, auch nicht bei Facebook. Dann kamst Du ins Spiel: Dein Account wurde gehackt, Du erstelltest eine neue Seite bei FB und fragtest dann bei mir an, ob ich nicht Lust hätte, unsere FB-Freundschaft fortzusetzen. Als ich das las, war ich wie elektrisiert. Ich stimmte sofort zu und wollte von Dir wissen, ob Du ein wenig Englisch sprichst."

„Genauso war es. Ich erinnere mich noch gut daran."

„Nach einigen Tagen hast Du dann geantwortet. So fing alles an."

„Tja, und nun steht unsere erste reale Begegnung bevor."

„Ja, mein Hauke. Wir werden uns zum ersten Mal in die Augen schauen. Oh, wenn ich mir das vorstelle… Wie lange bleibst Du denn?"

„Eine Woche. Ich habe ein Zimmer im Diamond-Hotel gebucht."

„Im Diamond-Hotel? Bei mir wohnen möchtest Du nicht?"

„ Doch, natürlich. Aber ich bin eigentlich davon ausgegangen, dass es bei Dir nicht geht."

„Ich habe ein Bett. Das ist doch wohl mehr als genug."

„Da hast Du Recht. Aber was würdest Du davon halten, wenn wir beide im Hotel wohnen? Ich habe dort nämlich ein Doppelzimmer gebucht."

„Ein Doppelzimmer? Sag bloß, Hauke. Ich habe

mir schon immer gewünscht, einmal Gast in einem Hotel zu sein und mich bedienen zu lassen."

„Dem steht nichts im Wege, Rosanna. Dort kannst Du auch duschen, essen und alles andere in Anspruch nehmen, was das Hotel bietet."

„Das würde ich gern. Das ist einmal etwas anderes als mein mehr als bescheidenes Zuhause."

„Dann sind wir uns ja einig."

„Ich freue mich so auf Dich…"

„Und ich mich auf Dich, meine Rosanna."

23.

Meine Frau schien etwas zu bedrücken, wie man ihr deutlich ansehen konnte. Schließlich teilte sie Agneta und mir an einem Sonntagnachmittag mit, dass sie sofort das Krankenhaus aufsuchen wollte. Sie habe bereits seit Monaten einen anormalen Harndrang und müsse ständig auf die Toilette. Seit etwa vierzehn Tagen habe sie Schmerzen im unteren Bauchbereich, die immer heftiger würden. Sie könne auch kaum noch etwas essen. Außerdem erbreche sie weißen Schaum.

„Oh Mama!" rief Agneta schockiert aus. „Du hättest längst zum Arzt gehen müssen."

„Ja, hätte ich, bin ich aber nicht. Ich habe immer gehofft, dass es sich von selbst wieder gibt. Doch nun… Ich halte es einfach nicht mehr aus."

„Ich fahre Dich, Mama."

„Danke, Agneta."

„Soll ich Euch begleiten?" fragte ich meine Frau.

„Du hast sicherlich etwas Besseres zu tun", antwortete sie unwirsch und verließ mit Agneta die Wohnstube. Als die Beiden nach etwa zwei Stunden zurückkehrten, wirkte Maria ein wenig erleichtert.

„Unser Hausarzt Dr. Nawoi hatte heute Dienst im Krankenhaus. Er glaubt anhand der ermittelten Blutwerte, dass ich eine Blasenentzündung habe."

„Eine Blasenentzündung? Ist sie mit solchen Schmerzen verbunden?"

Meine Frau antwortete nicht direkt auf meine Frage, sondern wies stattdessen darauf hin, dass sie noch für zusätzliche Untersuchungen einen Facharzt aufsuchen müsse.

„Nasoi hat mir eine Überweisung ausgestellt. Er glaubt aber schon, dass es sich um eine Blasenentzündung handelt."

Tags darauf ließ sich meine Frau, die erstmals in ihrem Berufsleben nicht zur Arbeit erschien, von einem Facharzt durchchecken. Dieser entdeckte eine Zyste in der Gebärmutter und schickte sie zu weiteren Untersuchungen ins Krankenhaus Pinneberg, wo ihr unter anderem die Gebärmutter ausgeschabt wurde. Das Ergebnis der Untersuchungen war niederschmetternd: Maria litt an fortgeschrittenem Gebärmutterkrebs. Diese Nachricht löste bei ihr, die sich bis dahin noch optimistisch gegeben hatte, panikartige Verzweiflung aus. So hatte ich

sie, die normalerweise selbstbewusst und uner-
schütterlich daherkam, noch nicht erlebt.

Zutiefst bestürzt war Agneta. Ihre Versuche, ihrer
Mutter, mit der sie ein besonders inniges Verhältnis
verband, Mut zuzusprechen und sie aufzubauen,
klangen beinahe so, als wolle sie sich selbst beruhigen. Was mich selbst anging, so war ich trotz aller
Distanz, die zwischen Maria und mir bestand, erschüttert. Ich sagte mir aber, dass Gebärmutterkrebs
ja nicht gleich bedeutend mit einem Todesurteil sei.
Als letztes Mittel müssten eben, so schwerwiegend
der Eingriff auch sei, Gebärmutter, Eierstöcke und
Eileiter operativ entfernt werden, um ihr Leben zu
retten. Das war natürlich ebenso meiner Frau bewusst, die sich darüber umfassend im Internet informierte und sich geistig auf diese schwere Operation vorbereitete.

Einige Tage, bevor sie wieder ins Krankenhaus
eingeliefert werden sollte, wo sie weiter untersucht
und Therapiemöglichkeiten entwickelt werden sollten, fühlte sich Maria zusehends schlechter. Sie bat
mich, mit ihr spazieren zu gehen, wozu ich natürlich auch sofort bereit war. Doch kaum waren wir
einige Schritte gegangen, verließ sie die Kraft und

wir mussten umkehren. Sie hakte sich bei mir unter und schleppte sich mühsam nach Hause. Da sich ihr Zustand immer weiter verschlechterte, rief ich auf ihre Bitte hin das Krankenhaus in der Kreisstadt Pinneberg an. Es dauerte nicht lange, bis ein Krankenwagen vor unserer Haustür hielt, der sie ins Klinikum fuhr. Etwa eine Stunde später folgten ihr Agneta und ich in meinem Auto. Wir sprachen nicht viel während der Fahrt. Als ich ihr im Fahrstuhl gegenüberstand, der uns ins erste Stockwerk des Klinikums bringen sollte, wo Maria lag, sah ich kurz in ihre Augen und erschrak beinahe über die Traurigkeit, die ich darin las.

Meine Frau war in einem Zwei-Bett-Zimmer untergekommen, in dem sie jedoch zurzeit allein lag. Als wir eintraten, hob sie ein wenig den Kopf und schenkte Agneta ein flüchtiges Lächeln, während sie mich kurz prüfend ansah. Sie wirkte matt, ihr Gesicht war aschfahl und ihre Augen trübe. Mir fiel auf, wie dünn ihr Haar geworden war: Weshalb bemerkte ich das erst jetzt? Meine Tochter nahm auf einem Stuhl neben dem Bett Platz, ich setzte mich auf einen schmalen, leicht abgewetzten Sessel an dessen Fußseite.

„Ja, jetzt liege ich also hier", stellte meine Frau mit kaum hörbarer Stimme fest. „Wer weiß, ob ich hier noch einmal rauskomme."

„Mama, wie kannst Du so etwas sagen? Natürlich kommst Du hier wieder raus."

„Ach, Agneta, wenn Du wüsstest, wie schlecht ich mich fühle…"

„Hier bist Du in guten Händen, Mama. Warte erst einmal die weiteren Untersuchungsergebnisse ab. Wenn sie vorliegen, kann man Dir auch gezielt helfen."

„Ja, gezielt helfen…"

Eine junge, hübsche Ärztin trat ein, die uns freundlich bat, nicht mehr allzu lange zu bleiben.

Es ist schon recht spät. Sie können ja gern morgen Nachmittag oder Abend wiederkommen."

Auf meine Frage nach einer möglichen Operation meiner Frau antwortete sie, dass sie darüber abschließend noch nichts sagen könne. Doch bei der Größe des Tumors schließe sich dies vermutlich aus. Es blieben also nur Strahlen- und Chemotherapie übrig. In einigen Tagen wisse man mehr.

Meine Frau nahm die Nachricht, dass sie höchstwahrscheinlich nicht operiert werde, mit Erleichterung auf, wie man ihr ansehen konnte. Die junge Ärztin hantierte noch eine Zeit lang an dem Apparat herum, der neben dem Bett stand und mit den vielen Schläuchen wie eine Maschinen-Hydra wirkte, warf noch einen Blick ins Badezimmer und verschwand dann – nicht ohne uns vorher noch einen schönen Abend zu wünschen. Agneta und ich blieben nicht mehr lange: Maria wurde zusehends schläfrig und war kaum noch ansprechbar. Mit dem Versprechen, am nächsten Abend wiederzukommen, verabschiedeten wir uns.

Natürlich informierte ich Rosanna über die Krankheit meiner Frau und hielt sie auch über ihren aktuellen Zustand auf dem Laufenden. Als feststand, dass Maria an einem Gebärmutterkrebs litt und es ihr zusehends schlechter ging, sagte ich schweren Herzens das Treffen mit meiner fernen Liebe ab.

„Ich kann hier im Augenblick nicht weg. Das verstehst Du doch?"

„Natürlich verstehe ich das. Ich habe auch großes Mitleid mit Deiner Frau. So eine Krankheit wünsche ich niemandem."

„Ja, es ist wirklich schrecklich und es nimmt mich arg mit, auch wenn keine Liebe mehr zwischen uns ist. Aber ich bin auch unendlich traurig, dass ich meine Reise zu Dir verschieben muss. Ich hatte mich so auf Dich gefreut. Oh Rosanna…"

„Ich ebenfalls, Hauke. Aber es ist ja nur aufgeschoben."

„Ja, sobald meine Frau das Gröbste überstanden hat und sich auf dem Weg der Besserung befindet, komme ich zu Dir."

„Ich warte auf Dich, Hauke. Ich werde immer auf Dich warten, so lange es auch dauert."

24.

Am Morgen nach ihrer Einlieferung ins Krankenhaus Pinneberg wurde meine Frau zum Universi-
tätsklinikum Hamburg-Eppendorf gefahren, wo sie
nochmals gründlich untersucht wurde. Das Ergebnis, das nicht dramatischer ausfallen konnte, erfuhr
meine Frau einige Tage später. Der Krebs hatte in
sämtliche Organe ausgestreut und war einer der ag-
gressivsten, die es gab: der Müllersche Mischtu-
mor. Das bedeutete das Todesurteil für meine Frau,
die die Nachricht mit erstaunlicher Gefasstheit aufnahm.

„Ich habe damit gerechnet, dass es vorbei ist",
sagte sie mit leiser, aber fester Stimme zu Agneta
und mir, als wir sie am späten Nachmittag besuchten. „Aber wovor ich wirklich Angst habe, sind
Schmerzen. Ich möchte keine Schmerzen haben."

Bei diesen Worten brach sie in Schluchzen aus
und einige Tränen rannen über ihr Gesicht.

„Sie werden keine Schmerzen haben", tröstete sie
die junge Ärztin, die sich im Zimmer befand, um
nach dem Rechten zu sehen. „Dafür haben wir unsere Palliativmedizin."

„Oh Mama…"

Agneta, der die Tränen in den Augen standen, nahm die Hände ihrer Mutter und streichelte sie.

„ Es ist gut, Agneta. Ich lebe gern, aber ich nehme auch den Tod an, wenn er kommt. Davor habe ich keine Angst."

Was mich betraf, so fühlte ich mich selbst in dieser tragischen Situation von den Beiden ausgeschlossen: Sie nahmen mich kaum wahr und ließen mich nicht an sich heran. Es blieb zwischen uns, wie es immer war – selbst im Angesicht des Todes. Ich fühlte mich entsetzlich unbehaglich und allein und verstand vielleicht erst in diesem Augenblick in seiner vollen Tragweite, welch ein unüberbrückbarer Abgrund zwischen uns lag.

Als Agneta und ich am nächsten Tag Maria im Krankenhaus besuchten, waren wir beide überrascht, wie gut es ihr im Vergleich zu den Vortagen ging. Sie lobte sogleich das Personal im Krankenhaus, das sich so rührend um sie kümmere, und fragte bei uns an, ob zu Hause alles in Ordnung sei.

„Räumt ihr auch auf und macht sauber?"

Ein Hauch von Freude spiegelte sich in ihrem Gesicht wider, als ihr Bruder Helmut erschien, den ich über Agnetas Zustand informiert hatte. Er war nach dem Tod ihrer Eltern einer der wenigen engeren Verwandten, mit denen sie noch Kontakt gepflegt hatte. Er begrüßte Agneta und mich ernst und setzte sich dann ans Bett, um seine Schwester, die sich ein wenig aufgerichtet hatte, zu umarmen und mit ihr zu sprechen. Beide begannen nach einiger Zeit zu weinen und sich gegenseitig zu streicheln.

In der Nacht verschlechterte sich Marias Zustand rapide und als wir sie das nächste Mal zu Gesicht bekamen, lag sie apathisch im Bett und hatte bereits Artikulationsschwierigkeiten. Es fiel meiner Tochter und mir schwer, sie zu verstehen. Aber sie erkannte uns und versuchte, sich verständlich zu machen. Die junge Ärztin, die uns wohl im Flur gesehen hatte, trat ein und teilte uns behutsam mit, dass es mit meiner Frau zu Ende gehe.

„Ich möchte ihnen nahelegen, sich heute von ihr zu verabschieden. Wer weiß, was morgen ist."

So war also der Augenblick gekommen… In der Nacht verstarb meine Frau friedlich.

25.

Rosanna war ehrlich erschüttert, als ich ihr vom Tod meiner Frau schrieb.

„Oh das ist ja so furchtbar. Ich weiß gar nicht, was ich dazu sagen soll… Und wie fühlst Du Dich, Hauke?"

„Tja, im Augenblick fühle ich mich wie versteinert; anders kann man das nicht ausdrücken. Ich muss das alles erst verarbeiten. Aber wenn wir beide chatten, Rosanna, kehrt das Leben wieder in mich zurück. Du bist mein Lebenselixier."

„Und Du bist mein Leben, Hauke. Du bist die Sonne, die morgens am Horizont aufgeht und mich den ganzen Tag begleitet, selbst wenn sie hinter Wolken verborgen ist. Und Du bist der Mond, der mir nachts Licht spendet. Wenn es Dich nicht gäbe, wäre mein ganzes Leben umgeben von Dunkelheit."

„Wie sehe mein Leben wohl aus, wenn es Dich darin nicht gäbe, Rosanna? Das mag ich mir gar nicht vorstellen. Es wäre leer, schal, nichtig und inhaltslos. Vielleicht hätte ich auch längst einen Herzinfarkt erlitten oder ihm selbst ein Ende bereitet. Aber dazu wäre ich zu feige, so wie ich mich kene."

Zwischen Rosanna und mir ging es noch eine Zeitlang so weiter. Halb im Spaß, halb im Ernst suchten wir immer wieder nach neuen Beispielen, um auszudrücken, wie sehr wir einander liebten und brauchten – ein beliebtes Spiel zwischen uns beiden. Schließlich aber kehrten wir wieder zum Ernst der Gegenwart zurück.

„Meine Frau wird am Mittwoch in ihrem Heimatort beerdigt", informierte ich Rosanna. „Ich selbst werde nicht daran teilnehmen, aber Agneta."

„Du nimmst nicht an der Beerdigung Deiner Frau teil?"

„Ich habe mich ja bereits hier von ihr verabschiedet."

„Ist das richtig, Hauke?"

„Ich weiß, was Du sagen willst, Rosanna, aber ich kann einfach nicht. Ich möchte das nicht miterleben und jetzt einfach zur Ruhe kommen, meinen inneren Frieden wiederfinden. Außerdem verstehe ich mich mit ihrer Familie nicht besonders. Meine Frau hat ihr gegenüber wohl nicht nur Freundlichkeiten über mich verbreitet."

„Das ist Deine Entscheidung, Hauke. Hoffentlich

bedauerst Du das nicht einmal."

„Ich kann nicht anders handeln. Es tut mir leid."

Agneta schien nicht sonderlich überrascht zu sein, als ich ihr mitteilte, dass ich aus beruflichen Gründen, wie ich vorgab, nicht an der Beerdigung teilnehmen könne.

„Okay, wie Du willst", war alles, was sie dazu äußerte.

Sie musste allerdings auch nicht viele Worte machen, denn was sie davon hielt, stand deutlich in ihrem Gesicht geschrieben. Am Tag vor der Beerdigung schlüpfte Agneta frühmorgens aus dem Bett, frühstückte kurz und verschwand dann wortlos aus dem Haus, um nach dem niedersächsischen Hennburg, Marias Heimatstadt, aufzubrechen. Dass sie sich nicht von mir verabschieden würde, war mir schon vorher klar gewesen: Sie Sie nahm es mir übel, dass ich mich dem letzten Abschied von ihrer Mutter verweigerte. Auch aus Hennburg, das sie nach vielleicht zweistündiger Fahrt erreichte, rief sie nicht an.

Als sie drei Tage später zurückkehrte, wirkte sie ernst und erschöpft. Sie schaute mich kaum an, als sie mir Grüße von meinem Schwager ausrichtete, für den dies aber sicherlich nur ein Höflichkeitsritual war, wie ich glaubte. Über die Beerdigung selbst, die im engsten Familienkreis stattfand, verlor sie nur einige wenige Worte.

„Die Predigt des Pfarrers hat mir gut gefallen. Er hat davon gesprochen, dass Mama nun in ihre Heimatstadt zurückgekehrt sei, um dort ihren Frieden zu finden. Damit schließe sich ihr Lebenskreis, erzählte Agneta. „Das Grab ist sehr schön und befindet sich auf dem neuen Friedhof."

Ein Woche später setzten meine Tochter und ich uns in der Wohnstube zusammen, um über die Eigentumswohnung zu sprechen, die offiziell meiner verstorbenen Frau gehörte und nun zu gleichen an uns fiel. Wir beide stimmten darin überein, dass wir unser gemeinsames Zusammenleben unter einem Dach zeitlich begrenzen sollten. Es galt, eine akzeptable Lösung für uns beide zu finden. Agneta, die nach ihrer glänzend bestandenen Prüfung einige Monate zuvor von ihrem Arbeitgeber übernommen worden war und ausgezeichnet verdiente, machte mir ohne viel Umschweife den Vorschlag, einen Kredit aufzunehmen und mir meine Hälfe auszuzahlen.

„Wir könnten es rein theoretisch auch umgekehrt machen, aber Du bist ja nicht kreditwürdig", stellte sie mit einem leicht vorwurfsvollen Unterton in der Stimme fest.

Ich erklärte mich grundsätzlich damit einverstanden, gab aber zu bedenken, dass ich Zeit benötigte, um mir eine neue Wohnung zu suchen.

„Ich denke da an einen Zeitraum von vielleicht einem halben Jahr."

„Okay, dann ist ja soweit alles klar. Ich werde demnächst meine Bank aufsuchen und den Kredit beantragen. Probleme wird es da sicherlich nicht geben."

Bevor wir unser Gespräch beendeten, teilte ich meiner Tochter mit, dass ich in Kürze meinen verschobenen Urlaub nachholen wolle. Ich müsse einfach einmal auch räumlichen Abstand gewinnen und wieder zu mir selbst finden. Agneta nickte flüchtig und verließ dann das Wohnzimmer.

26.

Rosanna war glücklich, als ich ihr wenig später schrieb, dass es endlich soweit sei und ich am folgenden Sonntag in ihr Heimatland einschweben würde.

„Ich komme, Rosanna. Ich komme…"

„Oh, Hauke, eine schönere Nachricht konntest Du mir gar nicht schicken. Ich bin so aufgeregt wie eine Schülerin vor ihrem ersten Rendezvous!"

„Mir geht es nicht viel anders."

„Und es kann auch wirklich nichts mehr dazwischenkommen?"

„Nichts. Selbst wenn der Himmel einstürzt, wird es mich nicht aufhalten."

„Du fliegst bis Manila?"

„Über Hongkong, ja. Und anschließend geht es weiter nach Ormoc."

„Dann werde ich in Ormoc auf Dich warten. Dort steigen wir in einen Bus ein, und zwanzig Minuten später sind wir in Kananga."

„Das hört sich gut an."

„Bleibt es dabei, dass wir Beide ins Hotel gehen? Das hattest Du ja ursprünglich vor."

„Es bleibt dabei."

„Ja, schön, Hauke. Ich freue mich. Wir können es ja so machen, dass wir zuerst ins Hotel gehen, um uns einzuchecken, und anschließend zu mir."

„Ja, sicher. Es wird sich alles finden, Rosanna."

„ Es ist nur schade, dass ich arbeiten muss. Aber sonntags habe ich glücklicherweise immer frei, wie Du weißt. Das passt also. Oh ich freue mich ja so sehr…"

27.

Mein Koffer enthielt nur einige leichte Kleidungsstücke, Unterwäsche, Handtücher und, in einer Kulturtasche, Zahnbürste und Zahnpasta, Rasierzeug sowie ein Sonnenschutzmittel mit dem Lichtschutzfaktor fünfzig. Außerdem einige Geschenke für Rosanna wie eine Armbanduhr und ein Notebook. Darüber würde sie sich besonders freuen, wie ich wusste, da sie sich dieses immer gewünscht hatte, es sich aber nicht leisten konnte. Ich vertraute mich einem Flieger der „Emirates Airlines" an, der in Hamburg-Fuhlsbüttel startete und sich nach einem längeren Anlauf schließlich in die Luft erhob. Es war zwar mein erster Flug überhaupt, aber ich dachte nicht viel darüber nach. Meine Gedanken waren einzig und allein auf die bevorstehende Begegnung mit Rosanna gerichtet, die näher und näher rückte. Wie oft hatte ich es mir vorgestellt, wie oft hatte ich davon geträumt – und nun sollte es Wirklichkeit werden.

Während unter mir Städte, Länder, Landschaften vorbeiflogen, flog ich im Geiste bereits in Rosannas Arme, die sie weit ausgebreitet hatte, um sie dann um mich zu legen und mich zu drücken.

„Oh Rosanna, wie sehr sehne ich mich nach
Dir…"

Im gleichen Augenblick befielen mich wieder
meine altbekannten Selbstzweifel. Würde sie nicht
maßlos enttäuscht sein über mich? Ich war ein alter
Mann, in dessen Gesicht die Jahre unübersehbare
Spuren hinterlassen hatten. Ich mochte im Geiste
jung sein, aber mein irdischer Körper war es nicht.
Auf der anderen Seite aber wusste ich, dass sie
mich liebte, so wie ich war und mein Alter für sie
keine Rolle spielte.

Ich schloss meine Augen. Bilder tauchten vor
meinem geistigen Auge auf, Bilder, die lange unter
dem Erfahrungsschutt der Jahre verschüttet waren.
Ich sah meine Frau und mich, wie wir Hand in
Hand immer tiefer in die Nordsee wateten, um einander schließlich loszulassen und eine längere
Strecke nebeneinander zu schwimmen – bis wir allmählich auseinanderdrifteten. Wir hatten während
unserer Ehe auch einige wenige glückliche Momente gehabt – und dieser gehörte dazu. Aber so,
wir uns beim Schwimmen in der klaren, kühlen
Nordsee immer weiter voneinander entfernten, so

war es auch in unserer Beziehung. Ich hatte dies alles nicht gewollt. Es war eine Entwicklung, die sich allmählich vollzog, bis wir schließlich wie zwei Fremde miteinander umgingen. Zu guter Letzt hatte mich Maria beinahe wie einen Feind behandelt.

Nach mehr als zehnstündigem Flug landete mein Flieger zu einem Zwischenstopp in Hongkong. Dann ging es weiter über das glitzernde Südchinesische Meer nach Manila, Hauptstadt der aus mehr als siebentausend Inseln bestehenden Philippinen. Dort stieg ich in einen Billigflieger der Cebu Pacific ein, der mich unversehrt über die restliche Strecke von etwa sechshundert Kilometern nach der Hafenstadt Ormoc brachte. Das mobile Gangwayfahrzeug dockte am Flugzeug an, die Kabinentüren öffneten sich und die Passagiere strömten nach draußen.

Ich blieb einen Augenblick oben auf der Gangway stehen, um Ausschau nach Rosanna zu halten, doch konnte ich sie nirgendwo entdecken. Sicherlich würde sie – wo wohl sonst? – in der Haupthalle auf mich warten. Als ich sie aber auch dort nicht ausmachen konnte und niemand auf mich zukam, ließ ich sie, allmählich unruhig werdend, am Informationsschalter ausrufen. Daraufhin löste sich eine resolute, vielleicht 40-jährige Frau aus der Menge der Wartenden und näherte sich mir eilends. Als sie direkt vor mir stand, bemerkte ich, dass sie hundeelend aussah und geweint haben musste.

„Hallo Hauke. Ich bin Jennica, Rosannas Schwester."

Wir gaben uns die Hand.

„Was ist mit Rosanna? Weshalb ist sie nicht gekommen?" fragte ich sie beunruhigt.

„Oh Hauke…"

Jennica brach in lautes Schluchzen aus und wollte sich gar nicht mehr beruhigen.

„ Was ist passiert? Bitte sag es mir!"

„Rosanna ist…sie ist in der Nacht gestorben."

Jennica brach erneut in Schluchzen aus und verbarg ihr Gesicht hinter ihren Händen. Ich verstand zuerst nicht.

„Was meinst Du?"

„Unsere Rosanna ist nicht mehr. Gott hat sie zu sich geholt."

Mir war, als ob mir der Boden unter den Füßen weggerissen würde. Das nackte Entsetzen fasste mich an und ließ beinahe mein Herz stillstehen. Ich rang nach Luft.

„Das ist doch nicht möglich…", brachte ich schließlich hervor.

„ Rosanna hatte in der Nacht Blutungen am Magengeschwür und musste sich übergeben. Ja, und dann ist wohl ihr Kreislauf zusammengebrochen. Am Morgen hat meine Mutter sie gefunden, als sie ihr Reis bringen wollte. Jede Hilfe kam zu spät."

„Aber das Magengeschwür war doch abgeheilt."

„Das dachte Rosanna auch und hatte deshalb die Tabletten abgesetzt. Doch es ist zurückgekommen – mit starken Schmerzen."

„Davon hat sie mir nichts erzählt."

„Sie dachte, sie bekommt es mit Hilfe der Tabletten wieder in den Griff."

Jennica und ich sahen uns mit einem unendlich traurigen Blick an und fielen uns in die Arme, um miteinander zu weinen. Schließlich lösten wir uns voneinander.

„Rosannas Beerdigung ist am Mittwoch. Meine Familie lädt Dich herzlich zu sich ein. Wenn Du möchtest, könnten wir gleich mit dem Bus nach Kananga fahren…"

„Ja. Aber ich werde dort zuerst in mein Hotel gehen. Du verstehst sicherlich, dass ich erst einmal allein sein möchte."

„Natürlich."

„Ich melde mich morgen. Eure Adresse habe ich ja."

„ Okay."

Wir stiegen am Flugplatz in einen alten roten Bus ein, der voll besetzt war mit lärmenden Männern, Frauen und Kindern. Viele von ihnen hatten Taschen und Netze mit, die angefüllt waren mit verschiedenen einheimischen Gemüse- und Obstsorten. Andere schienen ihren gesamten Hausrat mit sich zu führen. Ein alter ausgemergelter Mann mit brauner, faltiger Haut hatte einen kleinen Käfig mit einer jungen Henne auf seine Oberschenkel gestellt und betrachtete sie mit einem beinahe glücklichen Ausdruck im Gesicht. Mich erfüllte das Leben um mich herum mit untröstlicher Traurigkeit.

Unterwegs erzählte mir Jennica, wie tief mich Rosanna geliebt und sich auf unser Treffen gefreut hatte.

„Sie war so glücklich und hat immer gehofft, dass ihr beide eines Tages zusammenleben könnt."

„Das wäre jetzt möglich gewesen – und genau mit dieser Nachricht wollte ich sie überraschen. Es ist so schrecklich…"

Ich fing an zu weinen und verbarg mein Gesicht in den Händen.

In Kananga, nur etwa ein Viertel so groß wie Ormoc, aber nicht weniger betriebsam, hielt der Bus in der Nähe meines Hotels. Ich umarmte Jennica und verließ den Bus, um kurz darauf problemlos in meinem Hotel einzuchecken. Ich trank ein kaltes, stilles Wasser und legte mich aufs Bett.

Ja, jetzt war ich allein in dem Zimmer, das ich eigentlich mit Rosanna hatte teilen wollen. Meine liebe, süße Rosanna war nicht mehr. Niemals würden sich unsere Blicke begegnen, niemals würden wir einander anlachen oder uns an den Händen halten, niemals umarmen und küssen. Kein einziger gemeinsamer Sonnenaufgang oder Sonnenuntergang war uns vergönnt, kein einziger gemeinsamer Augenblick. Nicht ein einziger. Oh Rosanna, meine süße Rosanna, ich halte diesen Schmerz nicht aus. Ich möchte sterben…

Ende

Anhang

Fotografien von
Rosanna Dacal Tesalona

Rosanna am Strand von Boracay

Ein Selfie unterwegs

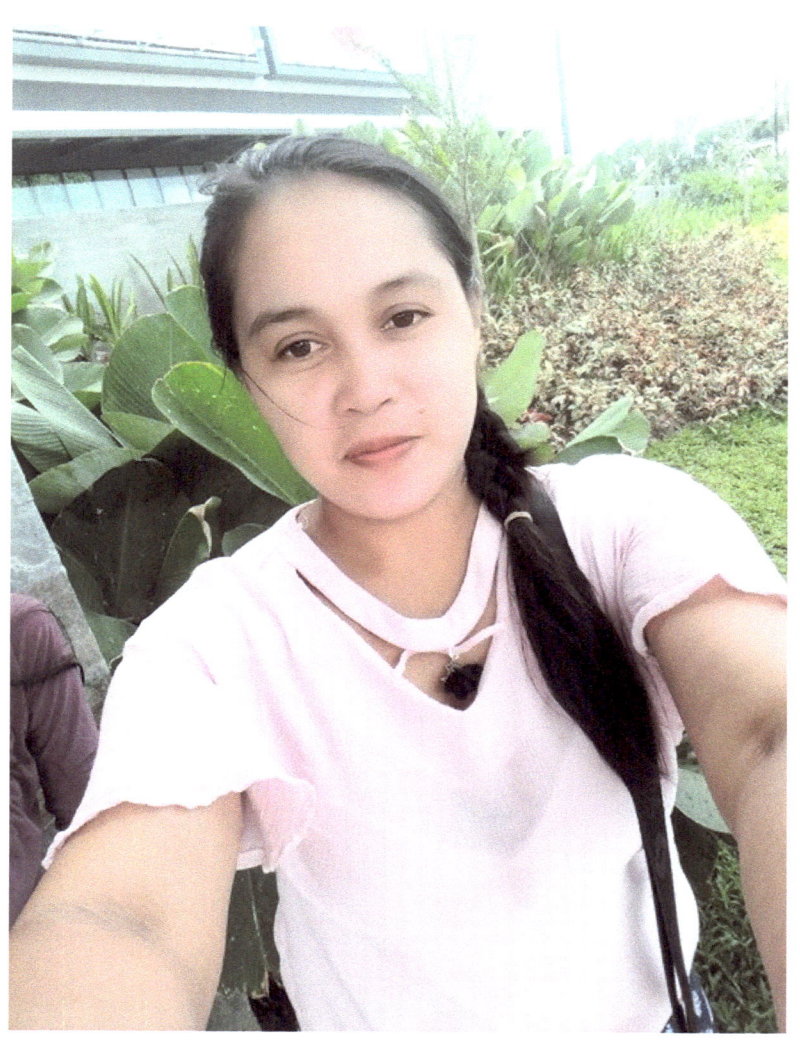

Zurück in der Heimat Leyte

Schneeweißer Sand und Muschelfelsen

Auf dem Weg nach Kananga

Das „kleine Haus“

Trotz des ärmlichen und mühseligen Lebens hat
sich Rosannas Vater Fröhlichkeit bewahrt

Rosanna mit ihrer Tochter

Viele Reisbauern leben in ärmlichen Holzhütten,
die lediglich über einen Raum verfügen

Auf dem Heimweg von der Kirche: Rosanna mit
Mutter und Tochter